DES DRACHENS WIDERSTREBENDE OPFERGABE

DIE LETZTEN DRACHEN 1

INES JOHNSON

Übersetzt von

SONJA LUISE HERBERTH

THOSE JOHNSON GIRLS

Umschlaggestaltung von Jacqueline Sweet Designs

Verfasst in den Vereinigten Staaten von Amerika
Erste Ausgabe September 2019

KAPITEL EINS

Peng! Knirsch! Knack!

Still zu halten und auf einen Schlag zu warten, war deutlich schlimmer, als wenn dieser völlig überraschend kam. Wenn man wusste, dass ein Angriff bevorstand, spannte sich der Körper an und bereitete sich auf das vor, was ihn umhauen könnte. Corun hatte sich verkrampft, aber er war hart im Nehmen, sodass sein Kiefer beim Aufprall nicht wie eine Melone aufplatzte.

Dennoch erschütterte der Schlag seinen Schädel, und der Schock legte seine Gehirnströme kurzzeitig lahm. Aber darum ging es schließlich: den Gegner eine Sekunde lang am Denken zu hindern.

Coruns Gehirn war sein wertvollstes Gut, das er

stets zu schützen versuchte. Nur deswegen hatte er sich auf einen Schlag ins Gesicht eingelassen.

Peng! Flatsch! Uff!

Er würde den Verstand verlieren, wenn er so weitermachte. Der rechte Haken an seinem Auge und der Aufwärtshaken an seinem Kinn ließen ihn Cartoon-Sternchen sehen. Mach dich auf eine Schädelblutung gefasst, Batman. Corun musste diesem kleinen Experiment ein Ende setzen, bevor es außer Kontrolle geriet. Zu dumm, dass sein Gegner noch nicht fertig war, mit einem Stoß und einer Flanke in den Solarplexus verschiedene Varianten durchzuspielen.

Corun kippte um. Eine dicke Rauchwolke trübte seine Sicht. Der Schweiß, der sich auf seiner Stirn gebildet hatte, verdampfte unter seinem heißen Atem. Sein Brustkorb hob und senkte sich rasend schnell, und Corun kämpfte gegen die lodernden Flammen in seiner Magengegend an. Jeder weitere Schlag war wie zusätzliches Feuerholz, das den Brand in seinem Inneren weiter anschürte.

„Schwebe wie ein Schmetterling, steche zu wie eine Biene", säuselte die Stimme seines Peinigers, während dieser mit erhobenen Fäusten um Corun herum tänzelte. Selbst die gepolsterten Boxhandschuhe konnten die Wucht von Beryls harten

Schlägen nicht abmildern. Allein der Bizeps dieses Mannes wog wahrscheinlich um die 25 Kilogramm.

Corun ignorierte das leichtfüßige Tänzeln des Hünen und konzentrierte sich auf das Feuer in seinem Inneren. Er musste verhindern, dass die Flammen in seinem Bauch zu einem Flächenbrand anwuchsen. Ansonsten würden sie ihn verzehren, ihn bei lebendigem Leib von innen heraus verbrennen. Schlimmer noch – das Inferno würde seinen Verstand kurzschließen.

„Die Hände können nicht treffen, was die Augen nicht sehen können.“ Ein weiterer Schlag, dann noch einer und ein rechter Haken von Beryl. „Jetzt siehst du mich, jetzt nicht mehr. Du wendest den Kopf nur hin und her.“

Corun wollte diesem nervigen Gereime gerade ein Ende setzen, als ein weiterer ohrenbetäubender Knall durch den Raum hallte und sein Gesicht plötzlich den Fenstern zugewandt war. Der dunkle Himmel erhellte sich, als die Flammen aus seinem Bauch in seine Brust schossen und aus seiner Kehle hervorbrachen. Das dunkelgraue Zimmer färbte sich in ein sattes Rot, als die Bestie in seinem Inneren losgelassen wurde.

„Ha!“ Beryl riss seine behandschuhten Hände

siegreich in die Höhe. „Ich hab's geschafft! Die Bestie ist los. Ich bin der Größte!"

Die Bestie war tatsächlich los, aber sie war nicht frei.

Corun biss die Zähne zusammen. Er sog scharf die Luft ein und richtete den Blick auf den weißen Mond jenseits des Fensters. Mit zusammengekniffenen Augen betrachtete er die blasse Scheibe, die sich rot gefärbt hatte. Corun wagte es nicht, die Lider zu schließen, denn er fürchtete, sich in der Dunkelheit der Bestie in ihm zu verlieren.

Seine Lunge verkrampfte sich, als Mensch und Tier um den Sauerstoff darin rangen. Sein Herz schlug unregelmäßig, da es in zwei verschiedene Richtungen gezogen wurde. Es wäre so viel einfacher für Corun, dem Feuer in seinem Inneren nachzugeben, es seine dünne Haut versengen zu lassen.

Schuppen waren stärker als Fleisch. Krallen härter als Nägel. Instinkt mächtiger als Rationalität.

Nein. Das stimmte nicht. Sein Verstand, seine Willenskraft – das war es, was ihn ausmachte. Und er würde das niemals aufgeben.

Corun hatte seine Wirklichkeit fest im Griff und kämpfte das Monster, das den Menschen auffressen wollte, nieder. Er schob es – mit Klauen, Schuppen und allem Drum und Dran –

zurück in seinen Käfig tief in seinem Inneren. Das Feuer in ihm kühlte sich auf eine angenehme Temperatur ab. Der Mensch hatte wieder die Oberhand, und die Schuppen waren wieder zu goldbrauner Haut geworden. Der Mond verwandelte sich von Rubinrot in das Pink eines Saphirs und schließlich in den kühlen Eiston eines Diamanten. Die Bestie kauerte sich in ihrem Käfig zusammen.

Vorläufig.

Corun hatte sich wieder unter Kontrolle und schloss die Augen. Dann stieß er seinen angehaltenen Atem aus. Als er die Lider wieder öffnete, verdeckten dunkle Flügel den Mond, und eine andere Bestie flog aus dem Fenster. Sein kurzzeitiger Triumph war zunichtegemacht worden. Er mochte die innere Schlacht gewonnen haben, aber er hatte den äußeren Krieg verloren.

Corun erhob sich von seinem Stuhl und ging zu den Unterlagen auf seinem Schreibtisch. Auf das Pergament waren Notizen, Formeln und Gleichungen gekritzelt worden. In einem Gefäß über einer Flamme brodelte ein Gebräu, das seine Farbe stetig von rot über grün hin zu blau veränderte.

„Ah“, stöhnte Beryl und zog seine Handschuhe aus. „Sind wir fertig mit dem *Deinen Bruder bei der*

Arbeit verprügeln-Tag? Und ich dachte schon, wir würden uns näherkommen."

Das Experiment war beendet. Es war ein Erfolg gewesen. Corun nahm das Fläschchen mit dem Gebräu, betrachtete es und kritzelte weitere Notizen auf das Pergament. Die Inokulation war fast fertig, aber es fehlte noch etwas.

Vielleicht noch etwas Pollen aus dem Staubsack einer Elfe. Oder mehr Haare von der Mähne eines Löwenwandlers. Wahrscheinlich noch ein paar Späne von der Klaue eines Bärenwandlers. Mit einem gewissen Feinschliff könnte das Elixier in ein paar Tagen, vielleicht in ein oder zwei Wochen, fertig sein, um es mit seinen Brüdern zu teilen.

Corun legte seinen Stift beiseite und nahm den Zauberwürfel in die Hand, als ob dieser ihm die Lösung verraten könnte. Der verstörende, neumodische Apparat gab jedoch keine Antworten preis. Er hatte das verwirrende Rätsel nie lösen können, und seine täglichen Versuche hatten seine Bestie nur kurzzeitig abgelenkt. Heute war jedoch kein solcher Tag.

„Ich weiß nicht, warum du dich mit diesen Elixieren abgibst", sagte Beryl. Seine Stimme klang eher wie das Knurren eines Tieres und weniger wie ein Mensch. Seine Augen waren schmale, smaragdgrüne Tore aus loderndem Feuer. „Dein Drache wird eine Beruhigungspille schlucken müssen, wenn du ihn an dem Nektar zwischen den Schenkeln einer Elfe nippen lässt."

Das war allerdings nur eine vorübergehende Lösung, die Corun derzeit wenig interessierte. Er hatte in seinem Leben schon mit ein paar Elfen und Feen gespielt. Als er jünger gewesen war, hatten die Pflanzenwandler seiner Bestie den Rest gegeben. Anders als seine Brüder wollte Corun nicht, dass sein Leben in den Händen einer Frau lag, egal, ob sie eine Fee, eine Elfe oder ein Mensch war. Er war entschlossen, Herr über sein Schicksal zu sein.

„Das Zeug sieht furchtbar aus." Beryl ergriff das Fläschchen. „Den Teufel wirst du tun, mich dazu zu bringen, es zu trinken."

„Leg es weg", knurrte Corun. Die Zutaten, die er verwendet hatte, waren schwer zu bekommen gewesen. Er hatte zwei Rubine hergeben müssen, um den Löwenwandler dazu zu bewegen, seine Mähne teilweise abzurasieren. Leanders Haare waren leider auf eine seltsame Weise nachgewachsen. Er bezweifelte also, dass die eitle Kreatur das in nächster Zeit wiederholen würde.

„Ich trinke es", hörte man eine Stimme aus der Ecke. Ihr jüngerer Bruder Ilia trat durch die Türöffnung. Seine jadefarbenen Augen war auf das Fläschchen in Beryls Hand gerichtet.

Ilia war kleiner als Beryl, zwar ebenfalls muskulös, aber sein Körperbau war schlanker und er hatte eher weiche Konturen als Masse.

Beryl riss das Fläschchen an sich. „Nicht, bevor ich es tue."

Coruns warmes Blut wurde kalt, als seine Brüder miteinander wetteiferten. Drachen waren extrem kompetitive Kreaturen. Und sie neigten zu Gewalt. Corun musste diese abscheulichen Streitereien zwischen den beiden unterbinden, sonst würde das nicht gut enden.

„Du brauchst den Trank nicht, Ilia", beruhigte Corun ihn mit rauer Stimme. „Du kannst deine Verwandlungen viel besser kontrollieren als Beryl."

Beryls smaragdgrüne Augen loderten auf. Rauch quoll aus seinen Nasenlöchern, und er erwiderte lautstark: „Stimmt überhaupt nicht!"

Ilia lachte, und seine Brust blähte sich auf. „Tut es wohl!"

„Zeig es uns!"

Ilia sah sich im Zimmer um, auf der Suche nach einer Herausforderung. Sein Blick blieb am Fenster hängen. „Lass uns springen! Wer sich zuerst verwandelt, bevor er auf dem Boden aufschlägt, verliert."

„Abgemacht."

Als die beiden Idioten sich zum Fenster wandten, riss Corun Beryl das Fläschchen aus der Hand. Das Gebräu schwappte hin und her, lief aber nicht aus dem Behälter. Corun atmete erleichtert auf. Seinem Aufatmen folgten ein lauter Aufprall und ein Flügelschlag.

Corun achtete nicht darauf, welcher Bruder triumphierend zu Boden gestürzt war und welcher geschlagen durch die Luft flog. Sein eigener Drache zerrte erneut an der Leine. Diesmal nicht fordernd, sondern flehend, wie ein Haustier, das seinen Herrn um Auslauf bittet.

Corun konnte seine Bestie zwar kontrollieren, aber nicht seine Natur verleugnen. Jederzeit könnte das Tier ausbrechen. Und eines Tages würde sich der Spieß umdrehen, und es würde dem Menschen die Leine um den Hals legen und ihn nie wieder freilassen.

Wie alle anderen Gestaltwandler im Schleier war er als Tier geboren worden, in dessen Inneren ein Mensch lebte. Und wie bei allen anderen Gestaltwandlern lieferten sich Mensch und Tier einen steten Kampf um die Kontrolle über ihren Körper.

Es gab nur eine Sache, die die Bestie besänftigen und dauerhaft unterwerfen konnte: eine Opfergabe. Ein Menschenopfer. Ein Weibchen, das der Drache markieren und für sich beanspruchen konnte. Aber das war kein Weg, der den Gestaltwandlern innerhalb des Schleiers offenstand.

Zumindest nicht mehr.

Für die verbliebenen Drachen hieß es also Zaubertränke oder Kontrollverlust. Corun setzte sich wieder an seinen Schreibtisch. Er schob den Zauberwürfel beiseite und grübelte weiter über ein Rätsel nach, dessen Lösung er bereits deutlich näher war, als er dachte.

KAPITEL ZWEI

Der Gestank des Todes lag in der Luft des Wartezimmers der Klinik. Die Flügel des Deckenventilators rotierten und verteilten den Geruch von verfaulten Eiern. Die Plastikstühle waren von einer unangenehmen, hellgrünen Farbe, und deren Sitzpolster verströmten den Geruch von verwesendem Grünzeug. Jedes Mal, wenn sich jemand bewegte oder einen Schritt auf dem Linoleum machte, schälte sich die Sohle von dem klebrigen Boden ab, und der Duft von muffigen Mottenkugeln stieg in die stickige Luft.

Niemand in diesem Wartezimmer war tot. Noch nicht. Aber jeder stand mit einem Fuß im Grab. Auch sie.

Chryssie atmete tief ein. Nun ja, so tief, wie es

ihr möglich war. Der zögerliche Luftstrom bahnte sich seinen Weg durch ihre verengten Lungen. Es reichte, um sie aufrecht zu halten.

Sie verlagerte ihr Gewicht von einem Fuß auf den anderen, während sie der distanziert wirkenden Sprechstundenhilfe einen falschen Namen nannte. Sie versuchte, sich nicht allzu sehr nach rechts zu lehnen, da sie dort in ihrer brandneuen Lederjacke eine schwere Last trug.

Nun ja, zumindest für sie war sie neu. Bestimmt hatte die reiche Frau, die die Jacke im Secondhand-Laden abgegeben hatte, seinerzeit ein stattliches Sümmchen dafür bezahlt. Chryssie hatte nur ein paar Dollars hingeblättert, aber das Ding ließ sie wie eine knallharte Gangsterin aussehen.

Sie schob die Hüfte zur Seite, wie sie es bei Michelle Gellar in *Buffy, die Vampirjägerin* gesehen hatte. Obwohl Chryssie mit ihren roten Haaren, ihrer hellen Haut und ihren nicht vorhandenen Fähigkeiten, Hintern zu versohlen, wohl eher eine Willow war. Willow trug gerne Halbschuhe und steckte ihre Nase am liebsten in Bücher, was eher Chryssies Charakter entsprach. Sie hielt sich gerade so auf ihren hohen Stiefeln. Schwindel war ihr ständiger Begleiter.

Nein, so war es gestern gewesen. Heute war sie

taffer.

Die Stiefel stellten ein weiteres notwendiges Accessoire dar. Sie hatte sie ebenfalls im Secondhand-Laden gekauft. Die Jacke und die Stiefel hatten wahrscheinlich derselben philanthropischen, megagestylten Society-Lady gehört. Chryssie hatte nie etwas anderes als flache Schuhe getragen, und sie hatte nie die Faust, geschweige denn den Fuß erhoben, um jemandem in den Arsch zu treten. Für jemanden, der Mühe hatte, genügend Sauerstoff einzuatmen, war es schwer, die Arme oder Beine in einem Kampf zu schwingen.

Aber auch das würde heute enden.

„Der Arzt wird Sie bald sehen, bitte nehmen Sie Platz."

Chryssie verlagerte ihr Gewicht wieder auf die rechte Seite und drehte sich um. Als sie die Stiefel zum ersten Mal angezogen hatte, war ihr ein Kondom aufgefallen, das man in das Innenfutter gestopft hatte. Ein weiterer Beweis dafür, dass die Vorbesitzerin eine gestandene Frau gewesen sein musste. Chryssie hatte es dort gelassen. Nicht, dass sie die Absicht gehabt hätte, es in nächster Zeit zu benutzen. Ihre Zeit war fast abgelaufen. Aber das Wissen um das Präservativ in ihren Stiefeln verlieh ihr noch mehr Rauheit.

Die Absätze ihrer Stiefel küssten den Fußboden bei jedem Schritt mit einem schmatzenden Geräusch. So nah war sie körperlichen Freuden noch nie gekommen. Viel weiter würde sie es aber wahrscheinlich nicht schaffen. Küssen kam für jemanden, der kaum Luft bekam – geschweige denn den Atem anhalten konnte –, nicht in Frage. Wie sollte man am Leben bleiben, während einem jemand anderes seine Zunge in den Mund steckte?

Sobald der Arzt für sie bereit wäre, würde er der letzte Mann sein, den sie jemals zu Gesicht bekommen würde. Abgesehen von den Gefängniswärtern. Sofern sie diesen Ort überhaupt lebend verlassen sollte. Die Mitmenschen sahen es nicht gerne, wenn kaltblütige Mörder frei herumliefen.

Nun, zumindest arme Killer.

Chryssies Hand ruhte auf dem kühlen Metallgegenstand, der in ihrer Jackentasche steckte. Er war jedoch wärmer als ihre Finger. Alles war wärmer als sie. An jedem Tag ihres Lebens hatte sie nichts als Kälte empfunden. Kälte und Müdigkeit und Schwäche und Nutzlosigkeit.

Sie sah sich im Wartezimmer um – so viele hoffnungslose Fälle. Sie selbst hatte auch keine Hoffnung mehr. Für diese Leute schien diese Hinterhofklinik ebenfalls der letzte Ausweg zu sein.

Vor ein paar Monaten wäre Chryssie noch eine von ihnen gewesen, aber nun machte sie sich keine Illusionen mehr. Ihre Zeit war abgelaufen.

Die Krankheit hatte sich in jedem Winkel ihres Körpers ausgebreitet, und jetzt fiel es ihr sogar schwer zu atmen. Es gab nichts, was sie in Schach halten konnte. Bevor sie also in die Hölle fuhr, musste sie nur noch eine Sache tun.

„Ms. Slayer, der Arzt ist nun bereit für Sie."

Chryssie erhob sich auf wackeligen Beinen. Eine Hand steckte fest in ihrer rechten Tasche. Ihre Absätze klapperten auf dem maroden Linoleumboden, als sie in Richtung des Untersuchungsraums ging. Der Gestank des Todes wurde noch stärker, als sie sich der offenen Tür näherte.

Der kleine Raum sah aus wie all die anderen, in denen sie in ihren 20 Lebensjahren gewesen war. Ein steriles Waschbecken, umgeben von metallenen Geräten. Abblätternde Plakate, auf denen die Gesundheitsrisiken von nicht durchgeführten Impfungen beschrieben wurden. Alle Impfungen der Welt hatten bei Chryssie und ihrer Schwester nichts bewirkt.

Sie machte sich nicht die Mühe, sich auszuziehen. Das hier war das Outfit, in dem sie begraben werden wollte. Außerdem waren die Stiefel schwer wieder anzuziehen, und darauf hatte sie keine Lust. Schließlich war sie nur hierher gekommen, um dem Mann in den Arsch zu treten, der für den Mord an ihrer Schwester verantwortlich war.

Die Tür öffnete sich, und da war er. Er hatte sich nicht einmal die Mühe gemacht zu klopfen, um sicherzugehen, dass sie bereit war, bevor er hereingekommen war. Er sah genauso aus wie immer. Derselbe Schnauzbart. Dieselben markanten Augenbrauen. Dieselben fleischigen Hände.

Er blickte sie nicht an. Er schaute auf ihre Krankenakte. So wie er es getan hatte, als sie noch ein Kind gewesen war und ihre Symptome noch nicht aufgetreten waren. Weil sie damals gesund gewesen war, hatte sie keinen Nutzen für ihn gehabt. Es war ihre kränkliche, 18-jährige Schwester gewesen, bei der sich Dollarzeichen in seinen Augen abgezeichnet hatten.

„Ms. Slayer, ja?“

„Das ist richtig“, erwiderte Chryssie und legte ihren Daumen auf die Sicherung der Waffe. Es war zwar kein Pflock wie bei Buffy, aber sie hatte trotzdem die Absicht, damit auf das Herz dieses Dämons zu zielen. „Ich bin verzweifelt. Man hat mir gesagt, Sie seien meine einzige Hoffnung.“

Ihre Stimme bebte, während sie diese Lüge von

sich gab. Sie war noch nie gut darin gewesen zu lügen. Warum hätte sie sich die Mühe machen sollen, etwas zu erfinden, wenn ihre Wirklichkeit schon rau genug war.

„Ich habe diese Symptome schon einmal gesehen." Der Arzt blickte immer noch nicht auf, sondern nur auf seine Unterlagen. „Ständige Müdigkeit, Kälteunverträglichkeit, Kurzatmigkeit, und Ihr Blutbild …"

Sie konnte förmlich sehen, wie sein Gehirn komplizierte Rechnungen anstellte. Die Subtraktion in der einen Spalte, als sich sein Blick verengte. Dann die Multiplikation in der anderen, als sich seine glänzenden Augen wieder weiteten.

„Es gibt da ein Medikament in der Testphase, das Sie ausprobieren könnten, wenn …"

Das Klemmbrett mit ihrer Krankenakte fiel klappernd zu Boden. Die Papiere, auf denen ihre Diagnosen standen, lösten sich und verteilten sich auf dem schmutzigen Boden. Man hörte kein lautes Schmatzen der Absätze, die sich vom Linoleum lösten. Nur das ohrenbetäubende Klicken der Sicherung, die gelöst wurde.

Dann sah er auf. Direkt in den dunklen Lauf der Waffe. Seine Kinnlade klappte herunter, und sein Mund öffnete sich weit.

„Mein Name ist Chrysanthemum Jones. Sie haben meine Schwester getötet. Bereiten Sie sich auf Ihren Tod vor."

„Was?"

Chryssie seufzte. Sie hatte mehrere Racheansprachen vorbereitet. Da *Die Braut des Prinzen* der Lieblingsfilm ihrer Schwester gewesen war, hatte sie sich für ein Zitat daraus entschieden. Noch etwas, das dieser Arzt ruiniert hatte. Zum Glück hatte sie eine zweite Rede einstudiert. Wie auch bei der Ersten stammten die Worte jedoch nicht von ihr.

„Nicht schreien", sagte Chryssie. „Sie brauchen keine Angst zu haben. Das tut überhaupt nicht weh, und danach sind Sie an einem schöneren Ort."

Chryssie erinnerte sich noch genau an den Tag, an dem ihre Schwester weggebracht worden war. Sie war mit ihr in dem Zimmer gewesen. Ihre kleine Hand hatte in derjenigen ihrer älteren Schwester gelegen. Hyacinth hatte unbedingt wieder gesund werden wollen. Nicht nur für sich selbst, sondern auch für Chryssie. Sie hatten erst im Jahr zuvor ihre Mutter verloren und nur noch einander gehabt.

Er hatte diese Worte ausgesprochen, sie in den OP-Raum gerollt, und dann war Hyacinth weg gewesen, auf Nimmerwiedersehen verschwunden. Bis Teile ihres Körpers bei einer FBI-Fahndung moderner Leichenfledderer aufgetaucht waren. Die Behörden hatten die Medizinstudenten geschnappt, die die erkrankten Körperteile gekauft hatten, aber den Verkäufer hatte man nie gefunden. Als die Namen der Toten bekannt geworden waren, hatte Chryssie sofort an den letzten Tag, an dem sie ihre Schwester gesehen hatte, gedacht – und an den Arzt, der diese Worte damals ausgesprochen hatte.

„Das haben Sie zu meiner Schwester gesagt, bevor Sie sie umgebracht und wie einen gedeckten Apfelkuchen zu Thanksgiving aufgeschnitten haben."

„Ich habe die Wahrheit gesagt", erwiderte er. „Sie hat nicht gelitten."

„Sie haben sie getötet."

„Sie war dem Tode geweiht. Es gab nichts, was man hätte tun können, außer die Symptome ihrer Krankheit zu studieren."

Chryssies Abzugsfinger bewegte sich einen Millimeter. Aber seine Augen waren nicht mehr voller Angst. Er sah sie mittlerweile an, als wäre sie ein Studien-Exemplar.

„Wissen Sie eigentlich, wie selten Menschen wie Sie sind?" Seine Augen huschten zu ihrem Scheitel. „Und sie haben immer rote Haare."

Chryssie wäre sich beinahe mit einer Hand

durch ihre feuerroten Locken gefahren. Genau wie früher bei ihrer Mutter und ihrer Schwester erweckten sie den Eindruck, als wären sie Flammen, die aus ihrem Schädel loderten.

„Sie haben Helium im Blut", fuhr der Arzt fort. „Das ist nicht natürlich. Sie sollten tot sein. So, wie Sie aussehen, sind Sie das auch bald."

„Sie zuerst." Sie streckte die Arme aus. Ihre Hände waren ruhig, was ungewöhnlich war, da sie sich seit ihrem 13. Lebensjahr schwach gefühlt hatte. Aber sie konnte den Zeigefinger immer noch nicht beugen. Vielleicht sollte sie den Typen lieber mit einem Pflock erstechen.

„Hör mal, Süße, ich weiß, du bist vor mir dran, aber ich muss noch woandershin."

Sowohl Chryssie als auch der Arzt wandten die Köpfe ruckartig zu dem Fenster, aus dem die Stimme gekommen war. Auf dessen Fensterbrett saß der Inbegriff der knallharten Heldin. Die Frau trug ein silberblaues Mieder, das ihre drallen Brüste betonte. Ihr Bauch war flach und wies keine einzige Rolle auf, obwohl sie ein Knie herangezogen hatte. Ihre lilafarbenen Haare wehten in der Brise, als ob ein Ventilator auf sie gerichtet wäre. Aber das Beste waren ihre Stiefel. Während Chryssies aus dem Secondhand-Laden stammten, waren diejenigen dieser Frau echte Shit-Kicker.

In den Händen hielt sie einen schwarzen Ball, auf dem die Zahl 8 aufgemalt war. Sie warf ihn hoch und runter und fing ihn jedes Mal geschickt wieder auf. An ihren Fingern befanden sich lange Nägel, die eher wie Krallen aussahen, die sich um den Ball schlangen. Ihr Blick war auf Chryssie gerichtet. Ihre Augen waren golden. Nicht haselnussbraun. Echtes, glänzendes Gold.

„Drückst du jetzt ab oder nicht, Sahnetittchen?"

„Ich …" Chryssie zögerte. Zum Teil, weil sie *Sahnetittchen* genannt worden war. Ihre Brüste waren noch nie von jemandem beachtet worden. Sie fühlte sich geschmeichelt.

Vielleicht war es aber auch nur der Schock, eine Frau im Fenster eines dreistöckigen Gebäudes sitzen zu sehen.

„Was denkst du, Magic 8-Ball? Hat sie den Mumm, diesem Idioten das Hirn wegzupusten? Oder muss ich es tun?"

Die Frau schüttelte die Kugel und schaute hinein.

„Ungenaue Antwort, versuche es später noch einmal. Scheißteil!"

Das schöne Gesicht der Frau verzog sich vor Ärger. Sie warf den Ball aus dem Fenster. Dann richtete sie ihre goldenen Augen wieder auf Chryssie.

„Wie sieht's aus, Babe? Ich wäre total froh, wenn du meinen Job für mich erledigen würdest."

„Deinen Job?", fragte Chryssie.

„Ich bin eine Begleiterin. Ich begleite kranke, missratene Arschlöcher wie dieses hier in die Hölle."

Das besagte Arschloch, das nun nicht nur eine, sondern gleich zwei durchgeknallte Frauen vor sich hatte, die ihm den Tod wünschten, nutzte die Gelegenheit und rannte zur Tür.

Aber Chryssie würde ihn nicht entkommen lassen. Sie vergaß ihre cooler gekleidete, härtere und umwerfend schöne Rivalin im Fenster und richtete ihre Waffe wieder auf den fliehenden Arzt.

Und sofort stand die Frau vor ihm. Die knallharte Heldin vollführte einen beeindruckenden Kick, der Buffy vor Neid hätte erblassen lassen, und brachte den Mann damit zu Fall. Aber nicht, bevor ein Knall durch die Luft hallte.

Die knallharte Heldin zuckte zusammen und schaute auf ein kleines Loch in ihrem Oberteil hinunter. Chryssie starrte sie entsetzt an. Ihr Abzugsfinger hatte sich gelöst und das Ziel, das nun auf dem Boden lag, verfehlt.

„Es tut mir so leid! Mein Finger ist ausgerutscht. Das wollte ich nicht …"

Die knallharte Heldin zog die Kugel aus ihrer Brust. Es war kein Blut zu sehen. Nur ein kleines Loch in der Haut. Ein fieses Grinsen breitete sich auf ihrem Gesicht aus. Sie wackelte mit dem Kopf, und Chryssie sah, dass ihre Ohren spitz waren, wie die einer Elfe. Oder einer Fee.

„Dafür wirst du bezahlen, Kleine."

Ihre goldenen Augen funkelten auf eine verstörende, unnatürliche Weise, und Chryssie war auf einmal klar, wen sie vor sich hatte. Diese Frau musste ein Todesengel sein. Sie war gekommen, um den Arzt mit sich in die Hölle zu nehmen, und nun griffen ihre teuflischen Hände nach Chryssie, weil diese sie versehentlich angeschossen hatte. Das war wahrscheinlich genauso, wie auf einen Polizisten zu schießen.

Chryssie senkte die Waffe. Sie hatte nicht vorgehabt, diesen Raum je zu verlassen. Nach dem Handgemenge und dem Schuss war die Polizei sicherlich bereits auf den Weg. Der Tod durch die Hand dieser Frau – oder durch einen Engel oder Dämon, was auch immer sie war – wäre auf jeden Fall besser als lebenslang im Gefängnis zu sitzen.

Sie war geboren worden, um ihre Schwester zu

retten. Das war ihr nicht gelungen, als sich herausgestellt hatte, dass Chryssie unter der gleichen Krankheit litt. Sie hatte vorgehabt, ruhmvoll dahinzuscheiden und den Mann zu töten, der ihre Schwester ermordet und deren Leichenteile verhökert hatte. Aber von einer knallharten Heldin umgebracht zu werden, war auch akzeptabel. Solange sie nicht in einem staatlichen Hospiz oder, in Stücke zerhackt, in den Händen von Leichenhändlern landen würde.

Chryssie sank auf die Knie. Sie holte einen tiefen Atemzug. Trotzdem füllte sich ihre Lunge nicht ganz. Aber die Luft war süß – zumindest redete sie sich das ein, denn es war der letzte Atemzug, den sie ihrer Meinung nach tun würde.

„Tu es schnell, bitte, und lass nichts von mir zurück, womit sie herumexperimentieren könnten."

„Aber gerne doch, Sahnetittchen."

Ein dröhnender Schmerz erfüllte ihren Kopf, und dann begann sich die Welt zu verdunkeln. Aber nicht, bevor sie wahrnahm, wie etwas, das wie ein Drache aussah, seinen Kopf durch das Fenster steckte und sie anlächelte. Natürlich würde eine derartige Kreatur das Reittier der knallharten Heldin sein. Der Todesengel hob sie hinaus und setzte sie auf den Rücken des Tieres.

KAPITEL DREI

„Stirb!!!! Stirb, du langhalsiger, hartgesottener, grüner, reptilienartiger Bastard!“

Corun kniff sich in den Nasenrücken, während Beryl Explosionsgeräusche von sich gab. Er war überrascht, dass sein Bruder kein Feuer auf den Fernsehbildschirm spie. Dieses Spiel, in dem es um das Töten von animierten Schildkrötensoldaten ging, war Beryls zweitliebste Beschäftigung.

Er drückte wie verrückt auf die Knöpfe des rechteckigen Geräts in seinen Händen, das Joystick genannt wurde. Der Name traf ins Schwarze, denn er war der perfekte Zeitvertreib für Coruns hyperaktive jüngere Brüder. Auf dem großen, quadratischen Fernsehbildschirm sprang ein schnurrbärtiger

Mann mit einem roten Hut und einer Latzhose auf den Schildkrötenbastard, der Beryl so zur Weißglut getrieben hatte. In dem Moment, in dem Beryls Figur auf dem verpixelten Tier landete, zog sich die Schildkröte in ihren Panzer zurück.

„Ganz recht, Koopa Troopa", rief Beryl. „Zieh dich in deinen Panzer zurück! Jetzt bist du nämlich eine Waffe, mit der ich alle deine Kumpels ausschalten kann."

Mit ein paar weiteren Knopfdrücken auf dem Joystick stürzte sich der Mann mit der Latzhose auf den Panzer der Schildkröte. Dieser rollte vorwärts und mähte weitere Schildkröten um. Auf dem Bildschirm erschienen Goldmünzen als Belohnung für die vielen Morde.

„Jetzt bin ich an der Reihe", protestierte Ilia. Er ließ sich in die Kissen neben Beryl fallen, den Joystick locker in der Hand, während sein älterer Bruder das Spiel dominierte.

Beryl und Ilia waren am selben Tag geboren worden, aber Beryl hatte als Erster die Welt mit seiner Anwesenheit beglückt, und er rannte, kämpfte und schrie stets mit seinen Brüdern um die Wette, da er in allem der Erste sein wollte. Er war der Älteste von Drillingen – eine Seltenheit bei Drachengeburten. Die meisten Drachen wurden zu zweit geboren. Ilia war der Jüngste und Schwächste gewesen. Eine Tatsache, die Beryl ihn nie vergessen ließ.

„Willst du ein paar Pilze, du kleiner Klempner-Typ?“ Beryl positionierte den Mann mit der Latzhose unter einem Ziegelstein. Mit einem Tastendruck sprang dieser hoch und schlug mit dem Kopf dagegen. Ein Pilz wuchs aus dessen Spitze heraus. Beryl drückte weitere Knöpfe, bis der Mann auf dem gepunkteten Pilz stand. Der animierte Klempner sprang darauf herum und wurde immer größer.

Ilia brummte und warf seinen Joystick zu Boden. Er verschränkte die Arme vor der Brust und starrte Beryl an. Dieser steigerte sich immer weiter in das Spiel hinein.

„Genau so“, rief Beryl. „Energieschub! Ein Level weiter, du Arsch. Zeit für Super Mario.“

Die schrille Musik wurde schneller. Corun wandte sich ab und konzentrierte sich auf seinen Zauberwürfel. Gleich würde er eine Seite gelöst haben.

Alle roten Blöcke waren ordentlich aufgereiht. Er musste nur noch einen einzigen auf der anderen Seite erwischen, der sich zwischen einem blauen und einem weißen befand. Mit nur einer Drehung verteilten sich die anderen roten Blöcke und landeten auf einer anderen Seite des Würfels. Seine ganze bedachtsam ausgeführte Arbeit war zunichtegemacht worden. Jedes Mal, wenn er sich einer Ordnung näherte, wurde er vom Chaos aus der Bahn geworfen.

Corun schürzte die Lippen und betrachtete den Würfel. Er hatte sich schon lange mit diesem Ding beschäftigt und war der Lösung nicht nähergekommen. Langsam fragte er sich, ob es überhaupt eine gab.

Dennoch zog er den Würfel den Videospielen vor. Einerseits wegen der irritierenden Musik. Andererseits, weil das Spiel für ihn nie einen Sinn ergeben hatte.

Ein Klempner, der durch ein Pilzkönigreich rennt, wo Schnappschildkröten und bezahnte Pflanzen ihn auffressen wollen, und der Steine und Münzen sammelte, um den Bösewicht zu besiegen. Und keiner wollte seine Klempnerdienste in Anspruch nehmen? Das war unsinnig und Coruns Zeit nicht wert.

„Er wird es schaffen", sagte Elek. „Er wird den ersten Rang der Bestenliste einnehmen."

Corun zuckte zusammen, als der Jüngste der Drachen aus dem Schatten des Spielzimmers – oder

der Männerhöhle, wie Cardi es zu nennen pflegte – trat. Dank seiner Größe und schlanken Figur war Elek ein Meister darin, weder gesehen noch gehört zu werden. Im Gegensatz zu seinen Brüdern bevorzugte er die Einsamkeit. Er trat nur bei wichtigen Ereignissen in Erscheinung, oder wenn Cardi in der Nähe war.

Corun schaute wieder auf das Spiel auf dem Bildschirm. Im Pilzkönigreich hatte sich etwas Großes ereignet. Beryl näherte sich tatsächlich einem neuen Level in dieser Spielwelt.

Rhoyl, der Zweitgeborene der Drillinge, steckte seine Schnauze durch das offene Fenster. Die blauen Schuppen des Drachens schimmerten im Mondlicht, als er seine Flügel zusammenfaltete und sich mit den Krallen an der Fensterbank festhielt. Er sah menschlich aus, während er auf den Bildschirm starrte, aber sie hatten Rhoyl, den Menschen, seit vielen Jahren nicht mehr gesehen. Rang 1 auf der Bestenliste dieses Spiels zu erreichen, hatte das Interesse des Drachens geweckt und ihn angelockt. Aber es war nicht genug für die Bestie, um ihnen ihren Bruder zurückzugeben.

Ilia löste die Verschränkung seiner Arme und rutschte auf dem Sofa nach vorne. Den Controller hatte er achtlos auf den Boden geworfen, denn Beryl hatte ein Level erreicht, das keiner je zuvor geschafft hatte. „Pass auf die Piranha-Pflanze auf!"

„Ich sehe sie." Beryl tippte auf den Controller und segelte über die Piranha-Pflanze. Er landete auf einem grünen Rohr, dem einzigen Ding in dieser Fantasiewelt, das etwas mit Klempnern zu tun hatte, und landete in einem neuen Level. Alle Brüder stießen einen leisen Schrei aus.

„Wir sind noch nie so weit gekommen, ohne dass sie da war", sagte Ilia.

„Schau", sagte Elek. „Da ist er, Bowser."

„Bowser", wiederholten alle.

Auf dem Bildschirm war die Karikatur eines Drachens zu sehen. Er war groß, hatte dicke Arme und Beine und einen überdimensionalen Kopf. Bowser, die Zeichentrickfigur, hatte den gerippten Unterleib eines Drachens. Aber auf seinem Rücken befand sich ein Schildkrötenpanzer mit Stacheln. Noch mehr unsinniges Zeug im Pilzkönigreich.

Corun hätte gelacht, wenn der Versuch, den Bösewicht des Spiels zu finden, nicht ein so bedeutendes Ereignis gewesen wäre. Und dann war da noch die Sache mit dem Drachenschatz, den er zum ersten Mal sah.

„Da ist sie", rief Ilia. „Prinzessin Peach."

Hinter diesem lachhaften Drachen befand sich

eine kleine, goldhaarige Frau in einem rosa Kleid. Sie stand hilflos da und wartete darauf, geschändet oder gerettet zu werden, Corun war sich da nicht so sicher. Sie war der Preis, die Opfergabe, für die sowohl Klempner als auch Drachen Gold schürfen und bis zum Tod kämpfen würden.

„Ich werde es versuchen“, erklärte Beryl.

„Meinst du nicht, dass du zuerst eine Strategie entwickeln solltest?“, fragte Corun.

„Meine Strategie besteht darin, diesem falschen Drachen in den Arsch zu treten.“ Beryl drückte auf ein paar Knöpfe.

Kaum hob seine Figur die verpixelte Faust zum Kampf, spie der Bildschirmdrache Feuer auf ihn. Die schrille Musik imitierte einen Todesmarsch. Mario, der Klempner, konnte nicht wiederauferstehen. Beryl hatte keine Leben mehr. Das Spiel war zu Ende.

Stille erfüllte den Raum. Die Reise bis zu diesem Punkt des Spiels hatte Beryl den ganzen Tag gekostet. Und sie hatte innerhalb weniger Sekunden geendet.

Die Rangliste wurde eingeblendet. An deren Reihenfolge hatte sich nichts geändert. Ilia war immer noch auf dem dritten Platz als Illest MC. Beryl auf dem Zweiten als The Incredible Bulk. An der Spitze der Rangliste, dem ruhmreichsten Platz, stand der Name Cardinal Sin.

Beryl warf den Joystick beiseite und stürmte zum Fenster. Rhoyl lehnte sich nach hinten, um seinen Bruder vorbeizulassen. Beryl nahm Anlauf, und seine Flügel breiteten sich in dem Moment aus, als seine Füße über die Fensterbank sprangen. Ein grün geschuppter Drache verdeckte den weißen Mond, als er in den Himmel flog.

„Schlechter Verlierer", rief Ilia seinem Bruder hinterher und ergriff den Controller.

Rhoyl flog davon, um sich Beryl anzuschließen, der den Kopf freibekommen wollte. Elek war bereits wieder in den Schatten verschwunden.

Corun nahm seinen Würfel erneut in die Hand. Aber er konnte sich nicht so recht konzentrieren. Die Brüder trafen sich oft im Spielzimmer, um sich zu entspannen. Der Ausgang des heutigen Spiels jedoch war ihrer realen Situation zu nahegekommen.

Die Hindernisse, die vor ihnen lagen, waren groß. Sie würden in diesem Leben keine zweite Chance erhalten. Die Prinzessinnen, die sie brauchten, um das Spiel zu gewinnen, waren für sie unerreichbar. Die Drachen, die in ihnen lebten, würden sie verschlingen, wenn sie keine Lösung fänden.

Auch wenn Corun sich eine Opfergabe wünschte, sah er keine Möglichkeit, an eine zu gelangen. Die Walküre hatte den Männern schon vor langer Zeit verboten, ihre jungfräulichen Frauen zu opfern. Cardi war das letzte Opfer gewesen. Sie war nicht von den Männern im Tausch gegen kostbare Edelsteine angeboten worden. Die Walküre hatte sie eigenhändig hergebracht. Corun fragte sich noch immer, warum sie ihre eigene Regel gebrochen hatte. Aber es war unwahrscheinlich, dass sie es noch einmal tun würde.

Ein Klopfen ertönte von der Tür. Kein Wesen, das im Schleier lebte, würde sich mitten in der Nacht in das Schloss der Drachen wagen. Es sei denn, es wollte sich als nächtlicher Snack anbieten. Es gab nur eine Gruppe von Wesen, die in der Nahrungskette höher standen als die Drachen.

„Ich gehe schon“, sagte Corun und erhob sich.

Ilia machte sich nicht einmal die Mühe, von seinem Spiel aufzusehen. Corun schnappte sich die Tasche, die sein älterer Zwillingsbruder zurückgelassen hatte, und ging die Treppe hinunter. Die Edelsteine darin klirrten bei jedem Schritt, den er machte. Corun vermutete, dass die heutige Lieferung sehr umfangreich sein würde.

Das Klopfen war von der Rückseite des

Schlosses gekommen. Auf der anderen Seite des Berges, an dessen Fuß, befand sich ein Riss zwischen den Welten. Allerdings war er unsichtbar. Aber sobald sich jemand von einer der beiden Seiten näherte, wurde er von einer Energiewelle erfasst.

Drachen würden es nicht wagen, durch diesen Riss hinüber zu treten. Nicht nur, weil es verboten war, sondern auch, weil sie, obwohl sie zu den stärksten Wesen diesseits des Schleiers gehörten, nicht dafür geschaffen waren, in der Menschenwelt zu leben. Viele Elfen waren über den Schleier dorthin gelangt und hatten sich über die Umweltverschmutzung, über etwas, das man Pestizide nannte, sowie über ein Loch in der Ozonschicht, das schädliche Sonnenstrahlen hindurchließ, beschwert.

Und trotzdem waren die Menschen die Lieblingsgeschöpfe der Göttin?

Corun öffnete die Hintertür des Schlosses und fand einen Drachen auf der Türschwelle vor. Seine Schuppen waren braun wie die Erde, nicht wie die Edelsteine, die in den Minen unter der Burg geschürft wurden. Das hier war keiner seiner Blutsbrüder, sondern einer seiner Vorfahren.

Drachen stammten von weiteren Lieblingsgeschöpfen der Göttin ab – den Dinosauriern. Als sie an deren Erbgut herumgepfuscht hatte, waren die ersten Drachen geboren worden. Wie die meisten ihrer Geschöpfe hatte die Göttin auch die Drachen nach ihrem Ebenbild geschaffen und einen Menschen in deren Inneres gesetzt. Und wie bei den meisten ihrer Geschöpfe hatte sie irgendwann das Interesse verloren und sich einer anderen Spezies zugewandt, um an deren Erbgut herumzuexperimentieren.

Von den riesigen Echsen waren nur noch die Drachen übrig geblieben. Niemand wusste, warum die Dinosaurier von der Erdoberfläche verschwunden waren. Allerdings hatte Corun von ein paar haarsträubenden menschlichen Theorien über vom Himmel gefallene Felsbrocken gehört.

Der Blick des Drachens war klug, aber es steckte kein freier Wille darin. Das hier war ein reinrassiges Wesen und kein Gestaltwandler. Es steckte kein Mensch in dieser Bestie.

Einst hatte Corun die Reinrassigen bedauert, da sie keine Macht über ihr Leben hatten. Sie waren die Sklaven anderer Wesen. Jetzt beneidete er sie darum, dass sie nicht danach strebten, mehr zu sein, als was sie waren.

Meistens.

Große Säcke hingen an dem Tier herab. Darin befand sich unter anderem die hellblaue Rüstung der Walküre. Der Drache, der einst als Waffe im Kampf eingesetzt worden war, um gefallene Männchen einzusammeln, war zu einem Lasttier degradiert worden.

Besagte Frau rutschte schwungvoll von seinem Rücken herunter. Anstelle ihrer Rüstung trug sie ein Stück Stoff, auf dem *Hooters* stand. Und anstelle einer schützenden Umhüllung für ihre Beine trug sie etwas, von dem Corun erfahren hatte, dass es sich um Jeans-Shorts handelte. Kimber hatte Cardi verboten, ein derartiges Kleidungsstück im Schloss zu tragen.

„Hey, Cory."

Corun hasste die Verkürzung seines Namens. Aber er stritt nicht mit einer der Töchter der Göttin. „Sei gegrüßt, Morrigan."

„Schon gut, Alter. Du kannst mich Morri nennen."

Corun mochte auch den Begriff *Alter* nicht, schließlich war er jung und knackig. Aber wie gesagt, man stritt nicht mit einer Walküre.

Morrigan setzte eine große Umhängetasche mit einem dumpfen Geräusch ab. Diese öffnete sich und enthüllte ihren Inhalt: grellbunte T-Shirts, Stretch-Shorts mit angenähten Spitzenröcken und schlauchartige Dinger, die Socken genannt wurden. Corun wandte den Blick von den dreieckigen Stofffetzen, von denen er gehört hatte, dass sie Büstenhalter genannt wurden, ab. Colaflaschen lagen neben Schachteln mit Süßigkeiten und Packungen mit Mikrowellen-Essen.

„Dort drüben ist das 21. Jahrhundert", sagte die Walküre. „Die Mode aus den Achtzigern ist immer schwerer zu finden, da die meisten der damals Jungen mittlerweile Großeltern sind, mit breiten Hintern und Rettungsringen. Aber natürlich haut die 50-jährige Madge nach wie vor auf die Pauke und trägt Hosen, bei denen man ihre Arschfalte sieht. Wusstest du, dass sie immer noch auf Tournee geht?"

Meistens hatte Corun keinen blassen Schimmer, wovon die Walküre oder das Menschenmädchen in ihrer Obhut redeten. Er nickte in der Regel nur, beendete das Gespräch möglichst bald und verließ den Raum.

„Kimber ist mit Cardi in der Wolfshöhle. Aber er hat mir deinen Lohn dagelassen." Corun übergab ihr den Beutel mit den Edelsteinen, im Tausch gegen ihre Tasche, und wollte sich davonmachen. Smalltalk war nicht seine Stärke.

Die Augen der Walküre funkelten, als sie die Diamanten in dem Beutel betrachtete. Obwohl sie die mächtigsten Wesen im Schleier waren, hatten die Walküren eine Schwäche: Edelsteine. Abgesehen von ihrer physischen Kraft war das der Grund, warum die Drachen in dieser Welt der übernatürlichen Kreaturen ihren zweiten Rang behaupten konnten.

Um an die Edelsteine zu kommen, brauchte man sowohl Feuer als auch die scharfen, harten Klauen eines Drachens. Kein anderes Wesen innerhalb des Schleiers verfügte darüber. Aus diesem Grund waren Edelsteine ein begehrtes Gut.

Leider waren Drachen nicht dafür bekannt, ihre Schätze zu teilen. Corun war der Meinung, dass Kimbers schwerer Beutel mit Edelsteinen ein stolzer Preis für etwas derart Belangloses war. Aber Drachen waren dafür bekannt, für ihre Opfergaben verrückte Sachen zu tun.

Als Corun sich zum Gehen wandte, bemerkte er, dass sich einer der Säcke bewegte. Er wusste, dass sich darin ein männlicher Mensch befand. Die Walküren überwanden den Schleier und betraten das Reich der Menschen, um sich deren schlimmste Exemplare herauszugreifen und sie nach Walhalla zubringen; an einen Ort, der schlimmer war als die Hölle selbst.

Morrigan hatte heute Abend ein gutes Geschäft

gemacht. Auf dem Rücken des Drachens hing neben dem besagten noch ein weiterer Sack. Der Erste wackelte, und der Gestank des Todes drang durch den Stoff und in Coruns Nase. Der Zweite hing regungslos da.

„Bis zum nächsten Mal“, sagte Corun, hievte sich die Tasche mit den Kleidungsstücken über die Schulter und wandte sich zur Tür.

„Warte, Schuppenträger“, rief Morrigan. „Ich bin noch nicht fertig mit dir.“

Das waren Worte, die kein Mann gerne aus dem Mund einer Walküre hörte. Drachen wurden nicht nach Walhalla gebracht. Aber eine Walküre war stark genug, um sie zu besiegen. Corun holte tief Luft. Er hatte keine Regeln gebrochen.

„Ich habe ein weiteres Angebot für dich“, fuhr Morrigan fort.

Im Gegensatz zu Kimber, der mit den Walküren handelte, um seiner Gefährtin eine Freude zu bereiten, hatte Corun kein Interesse an der menschlichen Welt. Allerdings gefiel ihm der Zauberwürfel sehr, den Cardi nach ein paar Versuchen weggeworfen hatte. Und einige Brettspiele aus der Menschenwelt. Abgesehen davon gab es nichts, wofür er einen seiner begehrten Rubine hergeben wollte.

Der Mann in dem ersten Sack zappelte noch

mehr. Dieses Zappeln bewegte auch den Zweiten. Der Geruch von dessen Inhalt wehte herüber. Die Tasche mit Cardis Geschenken rutschte Corun aus den Händen.

„Was ist das?“ Seine Stimme war tief und dröhnend, mehr Drache als Mensch.

Morrigan grinste, ging zu ihrem Reittier und holte den zweiten Sack herunter, als ob er nichts wiegen würde. Je näher sie anschließend an Corun herantrat, desto mehr stellten sich dessen Nackenhaare auf.

Die Walküre enthüllte eine Frau. Deren Augen waren geschlossen, ihr herzförmiger Mund hing schlaff herab, und feuerrote Haare, die wie Rubine aussahen, fielen ihr in Wellen über die schmalen Schultern.

Die Bestie in ihm brüllte. Sein Drache hätte sich beinahe losgerissen, doch in letzter Sekunde hielt Corun die Leine fest. Er brauchte seinen Verstand, um zu begreifen, was hier vor sich ging.

„Was ist das?“, wiederholte er langsam. Der Mensch behielt seinen Verstand, aber der Drache hatte die Kontrolle über seine Stimme.

„Bist du blind?“, blaffte Morrigan. „Das ist eine Opfergabe.“

Das ergab keinen Sinn. Corun glaubte nicht an

Zufälle. Er mochte das Unerklärliche nicht. Auf alles gab es eine Antwort, selbst auf diesen verflixten Würfel, den die Walküre hergebracht hatte, um ihn zu quälen.

„Deine Schwester hat Opfergaben aus dem Schleier verbannt."

„Nicht ganz. Hilda sagte, dass Männer keine menschlichen Frauen mehr opfern dürfen. Ich bin kein Mann." Morrigan legte Corun die Frau zu Füßen und trat zurück.

Er konnte den Blick nicht von dem weiblichen Menschen vor ihm abwenden. Die untere Hälfte ihres Körpers wurde von dem Sack verdeckt. Der obere Teil ließ ihn sich die Finger lecken.

Als Cardi zu ihnen gebracht worden war, war sie noch ein Mädchen gewesen, keine Frau. Keiner der Drachen hatte es auf sie abgesehen. Stattdessen hatten sie sich mit ihr angefreundet und sie wie eine der ihren behandelt.

Diese Frau jedoch war definitiv kein Kind mehr. In Coruns Hose regte sich beim Anblick ihrer Schlüsselbeine etwas. Ja, ihrer Schlüsselbeine. Er war fasziniert von deren Form. Seine Bestie betrachtete sie und fragte sich, welchen Teil er zuerst markieren würde.

„Sie ist sehr temperamentvoll", sagte die

Walküre. „Sie hat versucht, meine Zielperson zu erschießen. Wenn sie es getan hätte, wäre sie dort nie lebend rausgekommen. Oder man hätte sie eingesperrt. Genau genommen ist sie also gar kein Opfer. In gewisser Weise habe ich sie gerettet. Jawohl, ich."

Sie gerettet? Um sie in eine Drachenhöhle zu bringen, wo sie garantiert sterben würde? Corun hatte noch nicht einmal die Farbe ihrer Augen gesehen, aber sein Magen krampfte sich zusammen, als er daran dachte, dass er eines Tages würde zusehen müssen, wie das Leben aus ihnen verschwand. So wie er zugesehen hatte, wie das Leben aus den Augen seiner eigenen Mutter und der Mutter der Drillinge gewichen war.

Frauen, die den Drachen übergeben wurden, nannte man nicht umsonst Opfergaben. Er kannte diese Person nicht, aber er wusste, dass er ihr das nicht antun würde. Das konnte er nicht. Die Walküre musste sie wegschaffen.

„Willst du sie haben, Cory?"

Corun ballte die Hände zu Fäusten. Er hatte keine Finger mehr. Krallen gruben sich in sein Fleisch.

„Rubine würden so gut zu einer Diamantkette passen, meinst du nicht?"

KAPITEL VIER

Der Tod war warm.

Warm und behaglich, als säße man in einer kalten Winternacht vor dem Kamin. Chryssie wollte sich nicht bewegen, keinen einzigen Muskel, nicht einmal eine Wimper. Sie fühlte sich so wohl. So hatte sie sich nicht mehr gefühlt seit … Na ja, eigentlich noch nie.

Als sie noch gelebt hatte, waren ihre Zehen und Fingerspitzen immer eiskalt und das Taubheitsgefühl ihr ständiger Begleiter gewesen, weil ihre Blutzirkulation nicht so funktioniert hatte, wie sie sollte. Chryssie strich über ihren Daumen und ihren Zeigefinger, und sie spürte tatsächlich ihre Nägel. Sie spürte die Rillen in der Haut, die ihren Fingerabdruck ausmachten.

Sie keuchte bei diesem ungewohnten Gefühl auf. Ihr Atem strich über ihre Zunge und entlang ihrer Kehle. Dort blieb er jedoch nicht stehen. Ihr Brustkorb blähte sich auf, und zwar vollständig. Die eingeatmete Luft drang bis hinunter in ihren Bauch.

Sie tat es noch einmal, atmete ganz ein und dann wieder aus. Und dann noch einmal, in dem berauschenden Gefühl der Fülle schwelgend.

Der Tod war furchteinflößend.

Zum ersten Mal in ihrem Leben fühlte sie sich lebendig. Ihr Körper füllte sich komplett mit Luft. Ihre Finger und Zehen waren warm und empfindsam. Chryssie beschloss, die Augen zu öffnen und ihren neuen Aufenthaltsort genannt Hölle zu begutachten.

Es sah aus, wie sie es erwartet hatte.

Rot.

Rot, so weit das Auge blicken konnte. Aber ein schönes, leuchtendes Rot.

Als sie nach oben schaute, bemerkte sie, dass die dunkle Decke rot glitzerte, als wären die Sterne des Höllenhimmels Rubine, die auf ihre Bewohner herabschienen. Aber nicht nur von oben fiel ein schimmerndes Funkeln.

Sie wusste, dass sie sich unter der Erde befand. Hier sah es aus wie in einer Höhle. Sie konnte Felsen und Sedimentschichten ausmachen, und von allen Seiten ragten steinerne Speere aus der Wand. Außerdem waren ein paar dunkle Tunnelschächte zu sehen, und in deren Dunkel schimmerte rubinrotes Licht.

Die Edelsteine befanden sich in den Wänden und auf dem Boden und lagen haufenweise in den Ecken. In nach Größe geordneten Haufen, wie es aussah. Vielleicht war der Teufel ein Juwelier? Ein analfixierter, Internet-verrückter Juwelier.

Sie wollte den Fuß heben, um näher heranzugehen. Aber er rührte sich nicht. Chryssie schaute nach unten und stellte fest, dass ihre Beine gefesselt waren.

Ein hellbraunes Seil war um ihre Oberschenkel gewickelt. Es führte ihren Oberkörper hinauf und um ihre Arme herum, und zwar in einem komplizierten Muster – wunderschön. Die Knoten ähnelten einer Blume, da sich die Schlaufen wie Blumenblätter nach außen wölbten. So wie bei dem Gewächs, nach dem sie benannt war: die Chrysantheme.

Der Himmel war nicht grenzenlos. Sie hing an einem Haken an der Decke, dessen Ende sie jedoch nicht sehen konnte. Ihre Zehen berührten kaum den Boden.

War sie dazu bestimmt, die Ewigkeit so zu verbringen? Zwar in der Lage, einen vollen Atemzug zu tun und ihre Zehen zu spüren, allerdings gefesselt in einer Höhle voller Rubine hängend? Sie wog gerade die Vor- und Nachteile ab und versuchte herauszufinden, wo der Umkipppunkt lag, als sich ein Schatten in der Dunkelheit bewegte.

„Hallo?“, rief Chryssie.

Keine Antwort.

Aber sie wusste, dass sie nicht allein war. Sie konnte die Anwesenheit eines anderen spüren. Die Luft vibrierte aufgrund eines zweiten Herzschlags. Sie spürte, wie ihr eigenes Herz sich dessen Rhythmus anpasste. Erst jetzt fragte sie sich, warum dieses Organ überhaupt noch schlug, wo sie doch tot war …

Chrissy gab den Fesseln einen Ruck. Als sie das tat, legte sich ein Gewicht auf ihre Schultern. In dem Augenblick, in dem sie ihre Arme entspannte, fiel das Gewicht von ihnen ab. Eine Trägheit durchflutete ihren gesamten Körper.

Sie holte noch einmal tief Luft und füllte ihre Lungen mit der süßen Wärme. Als sie diesmal versuchte, sich zu befreien, streckte sie den Fuß aus, um mit den Zehen den Boden zu erreichen. Aber ein Krampf erfasste ihr Bein, als sich ein Knoten in ihre Wade grub.

Chryssie ließ das Bein wieder locker. Und erneut löste sich alle Anspannung aus ihrem Körper. Ihr Herz schlug nicht mehr unregelmäßig, sondern ruhig und stetig, als könnte es ewig in einem dunklen, mit Edelsteinen funkelnden Raum hängen.

Warum hatte sie überhaupt gekämpft? Es war doch ohnehin alles vorbei für sie. Sie war tot.

Dennoch hatte sie ihr ganzes Leben lang erbittert darum gekämpft, ihr Schicksal selbst in die Hand zu nehmen, angefangen mit ihren Behandlungen bis hin zu der Art und Weise, wie sie gestorben war. Dort oben hatte das nicht funktioniert. Hier unten konnte sie atmen. Sie konnte fühlen. Vielleicht könnte sie auch die Kontrolle wiedererlangen. Sie zerrte erneut an ihren Fesseln.

„Stopp."

Chryssie erstarrte. Zum Teil, weil die Stimme es ihr befohlen hatte. Vor allem aber, weil dessen tiefes Timbre durch ihren ganzen Körper vibrierte, angefangen bei ihren Fingerspitzen bis hinunter zu ihren Zehen. Sie war überglücklich über diese Empfindungen. Die Stimme hatte die Wärme in ihren Gliedmaßen um das Zehnfache erhöht.

„Halte still, sonst stachelst du sie auf."

„Sie?", fragte sie. „Wen?"

„Die Bestie."

Die Bestie? Er musste den Teufel meinen. Sie musste in der Höhle des Teufels sein. War er hier irgendwo? Was würde er mit ihr machen? Was auch immer es sein würde, sie war entschlossen zu kämpfen. Sie war nicht gestorben, um einem anderen Tyrannen ausgeliefert zu sein.

„Hilfst du mir?", fragte sie.

„Das tue ich", antwortete der Schatten. „Indem ich dich gefesselt habe."

„So kann ich mich nicht bewegen", erwiderte sie. „Gib mir wenigstens die Chance zu kämpfen."

Das nun folgende Geräusch aus der Dunkelheit war ein scharfes Einatmen, gefolgt von einem abschätzigen Schnalzen.

„Wenn das nur wahr wäre", sagte er.

Er bewegte sich innerhalb der Schatten, immer knapp außerhalb ihres Blickfelds. Das Einzige, was sie wahrnahm, waren breite Schultern und eine enorme Körpergröße. Er war jetzt hinter ihr.

„Du wirst ihn aufwecken. Er wird sich von der Leine losreißen, und ich werde ihn nicht mehr kontrollieren können."

Leine? Kontrolle? Sie wollte nicht die Ursache dafür sein, dass jemand die Kontrolle über eine

Bestie verlor. Sie hatte sich so sehr bemüht, ihr eigenes Leben wenigstens ansatzweise zu beherrschen.

„Ich dachte, du könntest vielleicht unsere Rettung sein", fuhr der dunkle Schattenmann fort.

Sie spürte seinen Atem an ihrem Hals. Aber sie konnte sich nicht umdrehen, um ihn anzusehen.

„Du wirst das Ende von alldem hier sein. Stimmt's?"

„Nein", erwiderte sie. „Binde mich los, dann gehe ich."

Sie wusste allerdings nicht, wohin sie gehen würde. Sie wollte lieber bei der beruhigenden Stimme bleiben, die versuchte, sie vor der Bestie zu beschützen, gefesselt an diesem Haken hängend, wo sie sich sicher fühlte.

Und dann trat er ins Licht …

Chryssie war dankbar, dass sie jetzt in der Lage war, tief einzuatmen. Ein Keuchen drang aus ihrer Kehle, als sie diesen Mann erblickte. Falls er überhaupt ein Mann war.

Groß und gut aussehend beschrieben ihn nicht einmal ansatzweise.

Groß war gelinde ausgedrückt. Er war riesig; ein Titan, der sie um Längen überragte. Sie hing zwar über dem Boden, aber sie musste den Kopf dennoch weit nach hinten neigen, um ihm ins Gesicht sehen zu können.

Im roten Schein der Höhle lud seine honigfarbene Haut dazu ein, mit der Zunge darüber zu fahren. Sie schien direkt aus einer Honigwabe zu stammen.

gut aussehend beschrieb die Schönheit seines Gesichts nur unzureichend. Sein kantiges Kinn zeugte von Durchsetzungsfähigkeit. Seine schwarzen Haare legten sich in sanften Wellen um seinen Kopf. Seine Nase war lang und spitz und bedeutete ihr, dass er, auch wenn er offenbar doch ein Mann war, nicht *einfach nur* ein Mann war. Er sah königlich aus. Dieser Typ stammte zweifellos von Herrschern und Eroberern ab.

Und dann waren da noch seine Augen. Auf den ersten Blick hatten sie schokobraun ausgesehen, wie die zarteste aller Milka-Schokoladen. Aber darin lag auch etwas Feuriges. Sie konnte die roten Flammen darin beinahe sehen.

„Du wurdest der Bestie dieses Schlosses als Opfer dargebracht."

Da er so nahe vor ihr stand, drang sein Atem in ihre Nasenlöcher und strömte aus ihren Ohren wieder heraus. Erst als ihr Gehirn die Bedeutung seiner Worte erfasst hatte, lichtete sich der Nebel.

„Opfer?“

Dazu war sie doch geboren worden. Sie war geboren worden, um ihre Schwester zu retten. Und sie hatte dabei versagt. Sie hatte keinerlei Absicht, diese klägliche Mission im Tod fortzuführen.

„Ich bin niemandes Opfer.“

Er kniff seine schokoladenbraunen Augen zusammen. „Du hast keine Wahl. So lautet nun einmal die Definition eines Opfers.“

„Ich werde es nicht tun!“ Sie zerrte an den Seilen, um sich etwas Spielraum zu verschaffen und ihm mit ihrem Fuß einen Stoß zu versetzen.

Er fing ihn geschickt auf. Sie spürte die Wärme seiner Finger durch das Leder ihrer knallharten Stiefel. Es war, als ob sich nichts zwischen ihnen befände.

Er war ihr so nah, dass sie seinen Atem schmecken konnte. Alles, was sie spürte, war Wärme. Für jemanden, der sein ganzes Leben lang kalt gewesen war, war das der Himmel auf Erden.

„Sie hatte recht bei dir“, sagte er. „Du bist temperamentvoll. Leider wird ihm das gefallen.“

Bei dem Geräusch von klirrendem Metall zuckte sie zusammen. Er hatte eine Klinge aufgeklappt. Deren scharfe Spitze funkelte im Licht der Rubine.

Chryssie schluckte und fühlte sich plötzlich ganz und gar nicht mehr mutig.

Seine Finger strichen über ihre gefesselten Handgelenke. Wieder keuchte sie auf und nahm noch mehr von seinem herben Geruch in sich auf. Einen nach dem anderen öffnete er die Finger ihrer rechten Hand, die sie zu einer Faust geballt hatte.

Das kalte Metall berührte ihre Handfläche, und sie zuckte erneut zusammen. Sie wollte dieses Gefühl der Kälte nie wieder spüren. Er drückte das flache Ende der Klinge in ihre Hand.

„Versuch nicht, diese Waffe gegen die Bestien einzusetzen. Das wird sie nur verärgern."

„Bestien? Mehrere? Du sagtest, es gäbe nur eine. Jetzt gibt es auf einmal mehrere? Warte! Wo willst du hin? Was soll ich denn jetzt tun?"

„Befreie dich!" Er trat zurück in die Schatten und nahm seine Wärme mit. „Und dann renne um dein Leben."

Um ihr Leben rennen? Aber sie war doch bereits tot. Seine Worte ergaben keinen Sinn.

Es hatte etwas Seltsames in seiner Stimme gelegen, als er die Worte ausgesprochen hatte. Zögern. Hoffnungslosigkeit. Resignation.

Was auch immer es gewesen war, sie wusste, dass er die Wahrheit gesagt hatte. Er hatte ihr eine

Chance gegeben, eine weitere Chance, ihr Schicksal in die Hand zu nehmen. Ob nun tot oder lebendig, er wusste nicht, was für ein Geschenk es für jemanden wie sie war.

Das Messer rutschte ihr aus der Hand, als sie es auf die Fesseln richtete. Sie fing es an der Klinge auf. Chryssie zischte, als das scharfe Metall in ihre Haut schnitt. Ihr Blut machte es ihr schwerer, sich aus den Fesseln zu befreien, aber sie war fest entschlossen weiterzumachen. Sie hatte die Chance erhalten, ihr Schicksal selbst in die Hand zu nehmen, und sie wollte sie nutzen.

KAPITEL FÜNF

Jeder Schritt von ihr weg war ein Kampf.

Krallen schabten an Coruns Stiefelsohlen. Er kam kaum voran. Es dauerte eine Ewigkeit, bis er aus den Minen am Fuße des Berges hinaus- und den langen Weg zur Burg hinaufgegangen war. Die Gegend war nicht dafür geeignet, auf menschlichen Beinen durchquert zu werden. Man musste mit den mächtigen Schwingen eines Drachens über sie hinwegfliegen. Corun wollte auf keinen Fall zulassen, dass die Bestie in seinem Inneren auch nur einen Funken mehr Kontrolle erlangte.

Sein ganzes Leben lang hatte er in diesen Minen

gegraben und im rauen Gestein nach Rubinen gesucht. Nachts hatte er sich den Kopf darüber zerbrochen, wie er eine Lösung für seine Verdammnis und die seiner Brüder finden könnte. Heute Abend hatte diese Lösung gefesselt inmitten seines wertvollsten Besitzes gehangen.

Jedes Mal, wenn sie sich bewegt hatte, hatte sich seine Bestie aufgebäumt, bereit, sie zu verschlingen. Corun hatte die Frau ruhig halten müssen. Deshalb hatte er sie gefesselt. Um sie sowohl vor sich selbst als auch vor seiner Bestie zu schützen.

Als sie dort gehangen hatte, hatte er die Gelegenheit gehabt, sich an ihr sattzusehen. Selbst jetzt noch konnte er sich an jede ihrer Kurven erinnern. Wenn er die Augen schloss, sah er stets die sanfte Wölbung ihres Halses. Bei jedem Schritt, den er sich von ihr entfernte, dachte er an ihre vollen Lippen, die ihn aufgefordert hatten, einen Bissen zu nehmen.

Nein. Sie hatte darum gebeten, freigelassen zu werden. Um wieder Herrin über ihr Schicksal zu sein. Leider hatte man an diesem Ort jedoch keine Wahl.

Corun stieg die Treppe hinauf, immer höher und höher. Sein Kopf fühlte sich bei jedem Schritt benebelter an. Er nahm nicht genügend Sauerstoff auf.

Seine ganze Energie, seine ganze Konzentration war darauf gerichtet, Abstand zwischen sich und sie zu bringen. Dem Drachen mehr Sauerstoff zu geben, würde ihn nur anheizen.

Corun brauchte sämtliche Waffen, die ihm zur Verfügung standen, um das Ungeheuer in Schach zu halten. Wenn es seine Krallen in sie schlüge, wenn er zuließe, dass es in ihr weiches Fleisch drang, würde sie in neun Monaten tot sein.

Wenn seine Bestie seinen Samen in sie jagen würde, würde sie die Geburt nicht überleben. Edelsteine waren zäh und konnten es verkraften, wenn ein Drache sie durchstieß. Frauen allerdings nicht.

Aus diesem Grund wurden die weiblichen Menschen als Opfer bezeichnet. Seit der Entstehung ihrer Art wurden deren Körper den Drachen als Brutkästen für die Aufzucht ihres Nachwuchses überlassen. Das war eine Aufgabe, die die kostbaren Weibchen nicht überlebten.

Corun hatte das Herz seiner eigenen Mutter schlagen hören, als er noch ein Junges in ihrem Bauch gewesen war, zusammen mit seinem Bruder Kimber. Sein sich noch entwickelndes Herz hatte schneller geschlagen, wenn er ihre Stimme gehört hatte, die ihnen etwas vorgesungen hatte. Das Blut, das durch seine sich noch entwickelnden Adern geflossen war, war warm geworden, während er in ihrem schützenden Kokon gelegen hatte. Doch als es schließlich an der Zeit gewesen war, den Engel zu sehen, der ihm das Leben geschenkt hatte, hatten er und Kimber ihre Mutter entzweigerissen, als sie auf die Welt gekommen waren.

Corun hatte miterlebt, wie es mit den Drillingen weitergegangen war. Als Amunets Bauch mit drei Jungen darin gewachsen war, war ihm schnell klargeworden, dass sie das nicht überleben würde.

Bei Eleks Geburt war es anders gewesen. Aber Corun zog es vor, so wenig wie möglich an Miyaoaxochitls Schicksal – eines, das schlimmer war als der Tod – zu denken. Ihr Überleben änderte nichts an der Tatsache, dass, wenn seine Art weiterhin bestehen sollte, sie auch weiterhin Opfer benötigte, um die nächste Drachengeneration zu gebären.

Coruns Füße waren wie Steine, die sich in den Boden gruben, als er die letzte Treppe zu seinem Labor hinaufging. Er war erschöpft von dem Aufstieg und dem Kampf mit seinem Drachen, der unbedingt zu der Frau, ihrer Frau, seiner Frau zurück wollte.

Meins, brüllte der Drache.

Er bekämpfte ihn mit Zähnen und Klauen, aber

Corun war stärker. Er bezwang das Ungeheuer. Aber nur um Haaresbreite.

Meins, beharrte die Bestie trotz Coruns Würgegriff.

In seinem Labor angekommen, stürzte Corun sich zu seinem Schreibtisch und fegte die Papiere auf den Boden. Leere Flaschen rollten klirrend über die Kante. Er griff nach dem, was er gesucht hatte, drehte den Deckel des Fläschchens ab und schluckte den restlichen Trank in einem Zug hinunter.

Der Drache in ihm brüllte angesichts des bitteren Geschmacks. Seine Flammen verbrannten Coruns Organe, während das Elixier seine Kehle hinunterrann und sich in seinem Bauch festsetzte. Es unterdrückte jedoch nicht die Sehnsucht oder sein Verlangen, zu ihr zurückzukehren.

Meins, wimmerte der Drache, während der Trank in ihm brodelte.

Bei der Göttin, sollte sie sich doch befreien und von hier verschwinden. Er wusste nicht, wie lange er seinen Verstand noch würde behalten können.

Corun griff nach den Zutaten, die von seinem Experiment übrig geblieben waren. Er schaufelte die scharfen Kräuter in sein Maul. Sein Drache spuckte sie wieder aus, und aus seinen Nasenlöchern quoll Rauch.

„Unten in der Küche gibt es noch Reste", sagte Beryl. „Du brauchst kein Gras zu essen."

Corun starrte seinen Bruder mit blutroten Augen an. Beryl war größer als Corun, größer als sie alle. Beryls Bestie schreckte nie vor einem Kampf zurück. Er war immer der Erste, der sich in einen solchen stürzte, der Erste, der andere herausforderte, der Erste, der zuschlug. Aber ein Blick in das Feuer in Coruns Augen genügte, und Beryl trat einen Schritt zurück.

„Was hat dich dazu getrieben, dieses Zeug zu trinken?", fragte Beryl.

Corun strich sich mit den Händen übers Gesicht. Schuppen bildeten sich auf seiner Haut. Der Geruch der Frau klebte noch an seinen Fingern, da er sie hatte berühren müssen, um sie zu fesseln. Und als er ihren Fuß nach ihrem Trittversuch aufgehalten hatte.

Die Walküre hatte recht gehabt. Sie war temperamentvoll. Aber das würde keinen Unterschied machen. Sie würde trotzdem sterben, nachdem er sie erobert hatte.

„Hey", sagte Ilia von draußen. „Ich habe Morri gerade weggehen sehen. Hat sie uns das neue *Sonic the Hedgehog*-Spiel mitgebracht? Wir können den

Sega rausholen und spielen, bevor Cardi zurückkommt. Du weißt doch, wie sehr sie es hasst …"

Ilia blieb abrupt stehen. Er stand in der Tür zu Coruns Labor und hob den Kopf. Seine Nasenlöcher blähten sich auf, als würde er den Geruch von gebratenem Fleisch wahrnehmen. Seine Augen waren zu schwarzen Schlitzen geworden und hatten die Farbe von dunkler Jade angenommen.

Auch Beryl hatte die Nase in die Luft gereckt. Seine Augen leuchteten so hell wie Smaragde.

In diesem Raum gab es viele Fenster. Die Nacht war kühl, und eine leichte Brise wehte herein. Ihr Geruch war schwach, aber er war da.

Sie hatte sich also befreit.

Als Corun sich im Zimmer umsah, wusste er, dass das nicht stimmte. Sie saß noch mehr in der Falle als zuvor. Denn jetzt hatte sie nicht nur einen Drachen, der einen riesigen Käfig zerschlagen konnte, um zu ihr zu gelangen, an der Backe. Sie hatte drei.

„Die Walküre hat Schmuggelware mitgebracht." Corun ging auf die Tür zu. Langsam, in der Hoffnung, dass seine Brüder keinen Verdacht schöpfen würden. „Ich habe sie unten gelassen und werde sie holen gehen. Ihr bleibt hier."

Beryls Hand schoss nach vorne und ergriff

Coruns Schulter, bevor dieser an ihm vorbeigehen konnte. „Warum rieche ich etwas Weibliches an dir, Bruder?“

Corun schaute Beryl direkt in die Augen und log: „Ich habe einen Teil der Kleidung in Cardis Zimmer gebracht.“

„Es riecht nicht nach Cardi“, sagte Ilia mit einem leisen Knurren in der Stimme.

„Die Walküre sagte, es sei schwer, die Kleider zu finden, die Cardi mag, und sie gehörten vorher anderen menschlichen Frauen.“

Seine Brüder beruhigten sich. Ihre Nasen senkten sich langsam. Sie atmeten wieder normal. Bis ein Schrei von unten ertönte und die offenen Fenster des Raumes erreichte. Mit ihrem fabelhaften Gehör hätten die Drachen den Schrei einer Frau aus kilometerweiter Entfernung gehört.

Die drei drehten sich von der offenen Tür weg und zu einem der Fenster.

Ilia war am nächsten dran und der Kleinste. Er nahm Anlauf und stürzte hinaus.

Zum ersten Mal in seinem Leben war Beryl Zweiter. Seine breiten Schultern schafften es nicht ganz durch den Rahmen, und er nahm ein paar Ziegelsteine mit, als er sich seinen Weg nach draußen bahnte.

Corun war der Dritte, aber auch der Schnellste. Drei Männer schlugen auf dem Boden auf und umringten die Frau, die sich Rhoyls Drachengestalt entgegenstellte. Um ihren Oberkörper waren immer noch ein paar Seile geschlungen. Ihre einzige Waffe war das Messer.

KAPITEL SECHS

Chryssie wusste nicht genau, ob sie tatsächlich tot oder doch lebendig war.

War es üblich, dass Tote Gefühle hatten? Wie sah es mit Bluten aus? War das nicht nur den Lebenden vorbehalten? Denn die Klinge, mit der sie sich von den Fesseln befreit hatte, hatte ihre Haut verletzt. Blut sickerte aus ihrer Handfläche. Und es tat weh.

Und dann war da noch ihr Herzschlag, als würde das Organ jeden Moment aus ihrer Brust springen. Schweiß bildete sich auf ihrer Stirn, also war sie auch in der Lage zu schwitzen.

Chryssie schmeckte das Salz ihres Schweißes und das Eisen ihres Blutes. Ihre Sinne waren in höchster Alarmbereitschaft. So hoch, dass ihr der Kopf schwirrte.

Als sie in der Dunkelheit gefesselt worden war und dann die Anwesenheit ihres attraktiven Entführers gespürt hatte, hatte sie Wärme wahrgenommen. Wie frische Bettwäsche, die gerade aus dem Trockner geholt worden war. Dieses Gefühl jedoch war eher wie Gegrilltwerden an einem kurzen Stock. Wenn das, was sie verfolgte, noch näherkäme, würde sie sich die Fingerspitzen verbrennen.

War das die Bestie, vor der er sie gewarnt hatte? Hatte er ihr überhaupt eine Wahl gelassen? War sie im Begriff, der nächtliche Snack des Teufels zu werden? Dieser Gedanke tat noch mehr weh als die Hitze, die an ihren Fersen leckte.

Chryssie hatte sich bei ihrem höllisch heißen Entführer sicher gefühlt. Obwohl er sie gefesselt hatte, hatte sie dank dieser Fesseln ein schier überwältigendes Gefühl der Geborgenheit verspürt. Bis zu seinem verrückten Gerede über eine Bestie, an die sie verfüttert werden sollte.

Chryssie wischte sich das Blut an einem Hosenbein ab und den Griff der Klinge am anderen. Sie richtete die Waffe nach vorne und ging auf den schwachen Lichtschimmer zu, der aus einem Spalt in der Höhlenwand drang.

Ihr Blick war ebenfalls nach vorne gerichtet.

Hauptsächlich deswegen, weil sie Angst hatte, sich umzudrehen und zu merken, dass sie von einer hungrigen Bestie verfolgt wurde. Sie schaute jedoch zu den Rubinen im Wert von Abermillionen von Dollars, die ordentlich sortiert auf dem Boden lagen. Reichtum bedeutete ihr hier nichts. Es war ja nicht so, dass sie den Teufel mit seinen eigenen Edelsteinen würde bestechen können. Ihre einzige Chance bestand darin, von hier zu verschwinden … Wo auch immer „hier“ war.

Sie wusste, dass sie es verdient hatte, in die Hölle zu kommen, da sie den Arzt hatte umbringen wollen. Aber sie hatte die Tat nicht begangen. War es also tatsächlich ihre gerechte Strafe, hier in der Hölle zu sein? Oder war es die Absicht, die für die endgültige Bestimmung eines Menschen entscheidend war? Jedenfalls hatte sie nicht vor, sich vom Teufel auffressen zu lassen.

Auf ihren Absätzen schwankend bewegte sie sich weiter auf das Licht zu. Sie atmete ein paarmal tief durch, um ihre Nerven zu beruhigen. Es war immer noch eine ganz neue Erfahrung, dass sich ihre Lungen füllten und sie nicht nach jedem Schritt ermüdete. Sie war voller Energie.

Verdammt, so schlimm war der Tod gar nicht.

Bislang war er deutlich besser als das Leben. Zumindest, was ihre Gesundheit betraf.

Nach dem Tod ihrer Schwester und ihrer Mutter war Chryssie von einem Pflegeheim ins nächste gekommen. Außerdem zu Pflegefamilien. Aber jedes Mal, wenn diese von ihrer Krankheit und den damit verbundenen Unannehmlichkeiten erfahren hatten, hatten sie sie wieder weggeschickt. Einige hatten ihr zwar anfangs versprochen, es nicht zu tun, allerdings hatte sie ihnen nie geglaubt. Immer hatten sie ihr Wort gebrochen.

Und nun war sie wieder einmal auf sich allein gestellt. Allerdings diesmal im Tod.

Sie zog ihre Lederjacke fester um ihren Oberkörper. Nicht, weil ihr kalt war. Nein, Die Wärme und die süße Luft waren das Beste an diesem Ort. Sie hatte sich nur noch nie so allein gefühlt.

Die Hitze in ihrem Rücken war wie ein erloschenes Lagerfeuer verschwunden. Chryssie wagte es nun, sich umzudrehen. Alles, was sie sah, war das Rot der Rubine, die sie hinter sich gelassen hatte. Hatte sie sich das nur eingebildet? Oder spielte die Bestie mit ihr?

Als sie sich wieder der Öffnung in der Höhle zuwandte, sah sie ein gleißendes Licht vor sich. War das die Sonne? Aber warum sollte es in der Hölle eine Sonne geben? Sie hatte angenommen, dass es im Erdinneren nur Feuer und Schwefel gäbe. Nein, das war nicht die Sonne. Es war der Mond, der hell in einem dunkelblauen Himmel schien.

Er sah aus wie derjenige in der Welt der Lebenden. Um ihn herum prangten Sterne. Sie konnte sogar ein paar Sternbilder erkennen.

Aber die Bäume kamen ihr nicht bekannt vor. Sie waren von einer Farbenpracht, die sie noch nie in ihrem Leben gesehen hatte. Rottöne, die auf unnatürliche Weise leuchteten. Grüntöne, die so zart waren, dass sie fast durchsichtig wirkten. Die Rinden waren eher sandfarben als schmutzig braun. Die Blumen unter ihren Füßen bewegten ihre Knospen in der windstillen Nacht, als ob sie ihren Schritten ausweichen wollten.

Wo zum Teufel war sie?

Chryssie drehte sich um und schaute nach oben. Sie war aus dem Fuß eines Berges herausgekommen. Auf dessen Spitze stand ein Schloss. Es war groß, im gotischen Stil gebaut und sah aus, als wäre es einem Jane-Austen-Roman entsprungen. Nicht den fröhlichen Hampshire-Romanen, sondern den älteren Horrorbüchern der Autorin.

Auf einem der Türme zu sitzen, war etwas, worüber diese nie geschrieben hatte. Austen mochte

Mr. Darcy ein Biest genannt haben, aber auf dem Turm dieses Schlosses saß ein echtes Biest.

Es hatte einen langen Eidechsenhals. Sein Körper war breit und schuppig, wie der eines übergroßen Krokodils. Chryssie konnte seine scharfen Krallen im Mondlicht glänzen sehen. Und dann waren da noch die Augen.

Sie waren blau. Ein helles Blau, wie ein Süßwasserteich an einem klaren Tag. Und sie waren auf sie gerichtet.

Chryssie wollte instinktiv weglaufen. Aber sie dachte an die Worte ihres heißen Entführers. Er hatte sie gefesselt, um sie ruhig zu halten, um sie in Sicherheit zu bringen.

Sie hielt still. Wie eine Kakerlake auf dem Boden hielt sie den Atem an, bis ihre Lungen protestierten. In der kurzen Zeit, in der sie hier war, hatte sich ihr Körper daran gewöhnt, regelmäßig Sauerstoff zu erhalten. Damit wollte er jetzt nicht aufhören.

Sie schnappte nach der süßen Luft. Sie wurde bitter, als die Augen des Drachens zu schmalen, blauen Schlitzen wurden. Das mächtige Tier sprang vom Dach und flog direkt auf sie zu. Seine krallenartigen Klauen waren auf sie gerichtet.

Ihr Herz pochte in ihrer Brust, ihr Blut raste durch ihre Adern, ihre Lungen pumpten in schnellen Stößen Luft ein und aus, und Chryssie hielt das Messer hoch. Sie konnte dem Ungeheuer nicht entkommen. Ihre Klinge wäre lediglich ein Nadelstich für ihn, das ihn jedoch anstacheln würde, bevor sie sie auffraß.

Und dann verlor sie die Nerven.

Chryssie duckte sich, hielt sich die Hände über den Kopf und stieß einen Schrei des Entsetzens aus.

Die Luft um sie herum veränderte sich, als die Bestie näher und näherkam. Sie wurde heißer. Wind wehte durch ihre Haare.

Aber keine Krallen rissen sie in Stücke. Kein Feuer verwandelte sie in ein Brathähnchen. Ein lautes Krachen ließ sie aufblicken.

Als sie die Augen öffnete, kämpfte der Drache mit einem Mann. Der Mann war kleiner als der Drache, aber er hielt sich wacker. Eine Sekunde lang dachte Chryssie, es wäre ihr heißer Entführer. Aber er hatte andere Haare. Diejenigen ihres Entführers waren länger und wellig gewesen. Und seine Augen hatten rot geschimmert, nicht dunkel wie ein Jadestein.

Sie war nicht außer Gefahr. Ein weiterer Mann kam auf sie zu. Er war beinahe so groß wie der Drache. Er sah aus wie der Unglaubliche Hulk, nur ohne die zerrissene Kleidung, sondern trug ein Muskelshirt sowie eng anliegende Shorts.

Seine Augen schimmerten grün, als er sich auf sie stürzte. Seine Hände hatten keine Finger, sondern zehn messerscharfe Krallen. Und jede war auf sie gerichtet.

Chryssie fuhr mit dem Messer über seine ausgestreckte Handfläche. Der Hulk neigte den Kopf zur Seite und grinste selbstgefällig. Die Klinge hatte nicht einmal seine Haut gestreift.

Er umschloss die scharfe Kante, als handelte es sich um ein Buttermesser. Mit einem Ruck hatte er es ihr entzogen und beiseite geworfen. Seine andere Hand griff nach ihr.

Aber der Hulk verfehlte sie. Anstatt sie zu packen, landete er auf dem Boden. Die Knospen wichen aus, um Platz zu machen.

Und dann war er da. Ihr sexy Entführer. Er versetzte dem riesigen Mann am Boden einen festen Tritt, sodass der Körper des Hulks gegen einen der Bäume geschleudert wurde.

Nachdem er einen Gegner ausgeschaltet hatte, wandte er sich dem Nächsten zu. Der Mann mit den Jade-Augen hatte den Drachen geschwächt. Das mächtige Ungeheuer schlug mit einem verletzten

Flügel um sich. Aus seiner Kehle drang ein leidvoller Schrei.

Als der Jade-Mann sich zu ihr umdrehte, versperrte Chryssies sexy Entführer ihr die Sicht. Die beiden starrten einander wie in einem alten Western an. Nur, dass kein trockenes Strohbüschel vorbeirollte.

Das Geräusch, als Klauen auf menschliche Haut trafen – oder waren es Schuppen? –, war schrecklich. Vor ihren Augen verwandelte sich der jadeäugige Mann in einen Drachen. Sein Hals verlängerte sich, und sein Gesicht wurde zu einer Schnauze. Sein Körper wuchs, und Schuppen schimmerten plötzlich im Mondlicht. Seine Fingerspitzen verwandelten sich in Klauen, mit denen er nach ihrem Entführer schlug.

Dieser wich keinen Schritt zurück. Er stürzte sich auf den Drachen und ging ihm direkt an die Kehle. Noch mehr Knurren und Brüllen und Zerreißen von Haut. Chryssie konnte es nicht mehr ertragen.

Eine Sache, die sie nicht erwartet hatte, war, dass sie im Tod noch mehr Tod erleben würde. Sie hatte genug. Sie musste fliehen, sie musste weg von hier.

Sie drehte sich um, begegnete aber einem weiteren Mann. Anders als die anderen, griff er nicht nach ihr. Er sah sie leidenschaftslos an. Seine Augen waren wie die eines Tigers, braun und goldfarben, mit einem Hauch von Rot. Die Farbe erinnerte Chryssie an die bernsteinfarbene Flüssigkeit, mit der man Proben in Flakons aufbewahrt. Er hielt sie mit seinem Blick fest.

Nach ein paar Sekunden der Stille hob der Mann mit den bernsteinfarbenen Augen die Hand und deutete auf etwas. Da der Bann gebrochen war, schaute Chryssie in die Richtung, in die er zeigte.

„Durch den Schleier", sagte er. „Zurück in deine Welt. Oder sie werden dich in Stücke reißen."

Dort, wo er hindeutete, konnte sie jedoch nichts erkennen. War das wieder ein Trick? Aber genauso wie sie den Worten ihres sexy Entführers geglaubt hatte, wusste sie, dass dieser ruhige Mann mit den leuchtenden Augen sie nicht anlog.

„Meine Brüder", fuhr der bernsteinäugige Mann fort. „Die Schlüpflinge werden dein Leben beenden."

Chryssie wusste nicht, was ein Schlüpfling war, aber sie glaubte dem Mann. Sie machte einen Schritt in die von ihm angegebene Richtung. Doch dann hielt sie inne. Sie konnte nicht weitergehen.

Sie drehte sich wieder zu dem rotäugigen Mann, der für sie gegen einen Drachen kämpfte. Ihr sexy

Entführer hatte ihn gebändigt und richtete nun seine Augen auf sie.

Er machte einen Schritt auf sie zu. Dann noch einen. Mit zwei Schritten hatte er sie erreicht.

Ihr Gehirn sagte ihr, sie solle weglaufen. Aber ihr Kampf-versus-Flucht-Instinkt funktionierte nicht. Ein sexy Mann – ja gut, er hatte sie als Opfergabe an eine Bestie gefesselt – war gerade mit der Beseitigung zweier Bestien fertig geworden und eilte ihr nun zu Hilfe.

War das nicht der Traum einer jeden Frau? Warum sollte sie vor ihm weglaufen? Zum Teufel, sie sollte zu ihm hinrennen!

Doch als sie in das Gesicht ihres Entführers blickte, leuchteten seine Augen seltsam rot. Er riss den Mund weit auf und entblößte die Schneidezähne einer Bestie, eines Drachens. Wenn sie in diesem Augenblick hätte fliehen wollen, hätte sie es nicht geschafft. Er hatte sie.

Sie lag in seinen Armen, aber es war nicht die Art von Umarmung, von der sie geträumt hatte. Er bog ihren Hals zur Seite und biss zu. Fest.

Das erste Mal, als sie gestorben war, hatte es nicht wehgetan. Dieses Mal waren die Schmerzen unerträglich. Nicht wegen der Bisswunde. Chryssie durchströmte ein überwältigendes Gefühl des

Verrats durch ihren sexy Entführer. Er war genau wie die anderen. Nein, er war schlimmer.

Er hatte ihr Hoffnung gegeben. Hoffnung, dass sie der Strafe würde entgehen können, die in ihrem neuen Leben über sie verhängt worden war. Das Letzte, woran sie sich erinnerte, bevor alles schwarz wurde, war, dass sie in seinen Armen lag und hörte, wie er sich wieder und wieder entschuldigte.

KAPITEL SIEBEN

Er schmeckte noch ihr Blut auf seiner Zunge. Corun hatte versucht, den Geschmack nur auf seiner zu behalten, aber seine Bestie hatte nach oben gegriffen und ihn gewürgt, bis er geschluckt hatte.

Meins, knurrte sie, während sie ihre scharfen Zähne aufeinanderbiss, um zu verhindern, dass ihr die Blutströpfchen wieder geklaut wurden.

Diese rannen seine Speiseröhre hinunter, bis sie Coruns Bauch erreichten, in dem die Bestie lebte. Sein Drache schnurrte beinahe wie eine gutmütige Katze bei dem Geschmack metallener Süße seiner Gefährtin.

Meins, seufzte die wilde Bestie in völliger Ergebenheit, rollte sich auf den Rücken und entblößte ihren Bauch.

Sie schmeckte wie Rubine, die allerdings so hart waren wie Diamanten und durchzogen von Gold. Süß und fest und verführerisch.

Meins, stimmte Corun zu, als er auf sie hinunterschaute. Sie schlief tief und fest in seinem Bett.

„Du willst mir also sagen, dass die Walküre sie einfach vor unserer Tür abgeladen hat?“, fragte Beryl.

Sein Bruder leckte sich über die Wunde, die Corun ihm am Bizeps zugefügt hatte. Jetzt, da der Kampf vorbei war, verhielten sie sich wieder normal. Na ja, so normal, wie es diesen wilden Kerlen möglich war.

Ilia kauerte neben Beryl. Er hatte die Hand zur Faust geballt und hielt sie sich unters Kinn, während er Coruns Gefährtin anstarrte. Der jüngere Drache ignorierte das Blut, das an seiner Kehle hinunterlief, von der Wunde, die Corun ihm zugefügt hatte, als Ilia versucht hatte, nach dem zu greifen, was ihm gehörte. Ilia gefielen die Narben von den Kämpfen gegen seine Brüder. Er trug sie wie ein Abzeichen, dass er, obwohl er der Kleinste war, stets überlebt hatte.

„Da muss doch etwas faul sein“, sagte er.

„Aber die Walküre hat uns Cardi gebracht", gab Elek zu bedenken. „Und daran war nichts faul."

Elek riss ein Stück von seiner Tunika ab und drückte den Stoff auf Ilias Wunden. Dieser runzelte die Stirn über seinen jüngsten Bruder, aber er stieß Elek nicht weg. Anders als die anderen verabscheute Elek Blut und Gewalt.

Cardi war zu ihnen gekommen, nachdem die Walküre die Portale geschlossen hatte. Nicht nur für die Drachen, sondern für alle Wandler im Schleier. Eine Zeit der Hoffnungslosigkeit, der aufgestauten Wut war daraufhin angebrochen. Es gab nun Dutzende von männlichen Gestaltwandlern voller Aggressionen, und es war keine Abhilfe in Sicht.

Und dann war ein kleiner Mensch, zusammengerollt und mit Seilen verschnürt, vor der Tür der Drachen abgelegt worden. Die Kunst des Fesselns war eine uralte Praxis, die von den Menschen entwickelt worden war, die ihre Opfer im Tausch gegen Edelsteine herübergebracht hatten. Die Drachen bewunderten diese Kunstfertigkeit und ließen ihre Opfergaben oft gefesselt, während sie sie für sich beanspruchten.

Die Brüder starrten auf die Frau im Bett. Sogar Rhoyl schwebte vor dem Fenster und schlug mit seinem mittlerweile fast geheilten Flügel in einem schnellen Rhythmus. Jetzt, da Corun sie markiert hatte, gehörte sie ihnen allen. Sie würden nicht um sie kämpfen. Sie würden sie mit ihrem Leben beschützen, bis zu ihrem Tod. Oder besser gesagt, bis zu *ihrem* Tod.

Willkommen in der Familie. In dieser grausamen, dysfunktionalen, mörderischen Familie.

Auf dem Tischchen neben dem Bett hatte jeder Bruder ihr einen Edelstein hinterlassen. Drachen waren nicht dafür bekannt, Teile ihres Schatzes leichtfertig zu verschenken. Die Kette, an der ein Smaragd, ein Topas, ein Jade- und ein Bernstein hingen, war ein Beweis dafür, dass Coruns Brüder sie als eine der ihren willkommen hießen.

„Hat die Walküre wenigstens ein neues Videospiel mitgebracht?", fragte Beryl und schob seine Unterlippe schmollend nach vorne.

Coruns Opfergabe bewegte sich. Ein leises Stöhnen drang von ihren rosafarbenen Lippen. In Coruns Hose regte sich bei diesem Geräusch etwas.

Nimm sie in Besitz, forderte seine Bestie. Seine Leine glitt durch Coruns verschwitzte Handfläche.

„Lasst uns allein", befahl er.

Seine Brüder gehorchten ohne zu murren. Elek verschwand wieder in den Schatten. Rhoyl flog vom Fenster in die Nacht hinein. Beryl hatte ein wenig

Mühe, wieder auf die Beine zu kommen. Ilia bot ihm seine Hand an, die der Ältere prompt wegschlug. Schwäche war keine geschätzte Eigenschaft in diesem Haushalt.

Corun hatte sich als der Stärkste erwiesen. Er hatte alle Rechte an ihr gewonnen. An dieser Frau, seiner Opfergabe, seiner Gefährtin.

Nein. Nicht seiner Gefährtin. Er hatte sie markiert, aber er hatte nicht vor, sie zu beanspruchen. Mit ihr zu schlafen würde ihr Schicksal besiegeln und die Uhr in Richtung eines baldigen Todes ticken lassen. Er mochte eine Bestie sein, aber er war kein Ungeheuer.

Corun ließ die Schlafzimmertür offen. Er machte sich keine Gedanken, dass seine Brüder das Gespräch, das er nun führen wollte, belauschen könnten. Seine einzige Sorge galt ihr. Er wollte sie wissen lassen, dass sie nicht in der Falle saß. Auch wenn er würde lügen müssen. Aber er würde nicht derjenige sein, der ihr Todesurteil unterschrieb. Sie würde diesen Ort niemals lebend verlassen. Sein Drache würde es nicht zulassen.

Scham machte sich in ihm breit. Oder vielleicht war es die Folge des scharfen Tritts von Beryls Klauenfuß. Corun hatte sich noch nicht um seine

Heilung gekümmert. Er wollte, dass der Drache die Schmerzen über seine Tat spürte.

Sie stöhnte erneut. Diesmal öffnete sie die Augen und Lippen. Sie war so klein in seinem Bett. Sie sah so hilflos aus. Aber der Schein trog, das wusste er. Sie hatte sich gewehrt. Obwohl es aussichtslos gewesen war, obwohl sie unmöglich hätte gewinnen können, hatte sie gekämpft.

Stolz angesichts seines kleinen Menschen überkam ihn. Vielleicht würde sie eine Zeit lang überleben. Wie Eleks Mutter. Vielleicht würde ihr Verstand sogar intakt bleiben.

Ihre Augen funkelten ihn an, als sie ganz wach war. „Du sagtest, du würdest mich gehen lassen."

„Ich habe es versucht."

„Ja, klar", schnaufte sie und setzte sich im Bett auf. „Stattdessen hast du mich an die Monster verfüttert. Und du hast mich gebissen."

Sie legte die Hände auf die verletzte Haut an ihrem Hals. In seinem Inneren keuchte Coruns Bestie. Seine Eckzähne waren feucht, gierten danach, sein Werk zu kosten.

„Nein", erwiderte er. „Ich habe dich markiert."

Die Wunde sah aus, als wäre sie noch nicht ganz verheilt. Er musste noch einmal mit seiner Zunge darüberfahren. Um sie vollständig zu heilen. Nicht aus Spaß an der Freude.

Corun stützte sich mit dem Knie aufs Bett. Die Matratze senkte sich unter seinem Gewicht. Dann streckte er die Hand nach ihr aus.

Sie beugte sich vor, als er sich ihr näherte, und atmete tief ein. Dabei hoben sich ihre Brüste. Corun hielt still. Sie zog ihren Arm zurück … und schlug ihm auf die Nase.

Alles um ihn herum wurde rot, als der Drache hervorlugte. Ihr Schlag hatte nicht wehgetan. Er hatte ihn überrumpelt. So sehr, dass der Drache von der Leine gerutscht war.

Die Bestie war auf ihr. Über ihr. Sie drückte sie in die Matratze.

Er spürte ihr rasendes Herz unter seiner Handfläche und hörte ihren unregelmäßigen Atem. Der Drache leckte sich über die Lippen, als er die süße Luft schmeckte, die sie ausstieß.

Er musste sich lediglich vorbeugen, mit seiner Zunge über ihre Lippen streichen, und er würde sie schmecken. Dann würde er sie für sich beanspruchen. Er würde sie in jedweder Hinsicht zu seinem Eigentum machen und ihr Todesurteil unterschreiben.

KAPITEL ACHT

Was hatte sie sich nur dabei gedacht? Sie hatte gerade einen Mann geschlagen, der in der Lage war, sich in einen Drachen zu verwandeln. Sie hatte zwar nicht gesehen, wie *er* es getan hatte, es jedoch bei den anderen Männern miterlebt. Kurz vor der Verwandlung hatten die Augen des einen geglüht wie ein Jadestein, die des anderen wie ein Smaragd. Die Augen ihres sexy Entführers leuchteten jetzt in einem flammenden Rot, wie die Rubine im Inneren des Berges. Wahrscheinlich war das sein Versteck.

„Tu das nicht noch einmal“, warnte er, und in seinen Augen loderte ein Feuer. „Drachen mögen Gewalt.“

„Du bist ein Monster“, flüsterte sie.

„Ja“, bestätigte er. „Und jetzt gehörst du mir.“

Chryssie wich zurück, aber sie konnte nirgendwohin. Hinter ihr befand sich ein massives Kopfteil. Vor ihr der muskelbepackte Körper eines verdammt sexy Monsters.

Nein. Nicht sexy. Er war ein Ungeheuer. Ein Monster, das sie gebissen hatte, verdammt nochmal.

„Nenne mir deinen Namen“, befahl er. Seine Stimme war ein tiefes, kehliges Knurren. Mehr Bestie als Mensch.

„Chrysanthemum.“

„Wie die Blume?“ Auf seinem Gesicht breitete sich ein Grinsen aus, bei dem sie fürchtete, es würde sie verschlingen. „Ich bin Corun.“

„Tut mir leid, aber ich kann nicht behaupten, dass es schön ist, dich kennenzulernen.“ Sie hoffte, dass ihr Sarkasmus den Drachen besänftigen würde.

Coruns Grinsen verschwand. „Halte still!“

Er streckte die Hand nach ihr aus.

„Nein!“ Sie zappelte, um sich aus seinem Griff zu befreien.

„Du blutest. Halte still!“

„Damit du noch einen Bissen von mir nehmen kannst?“

„Ich musste das tun, sonst hätte dich einer meiner Brüder erwischt.“

„Du willst mir also sagen, dass du mich gerettet hast, indem du einen Bissen von mir genommen hast?“, entgegnete sie spöttisch. Sie wand sich hin und her, aber es war zwecklos. Sein Griff war so fest wie ein Schraubstock. Er würde mit ihr machen, was er wollte.

„Ich habe dich verletzt“, sagte Corun. „Und das tut mir unendlich leid.“

Eine Entschuldigung? Damit hatte sie nicht gerechnet. Als sie ihn ansah, ließ ihre kämpferische Haltung etwas nach. In seiner Stimme lag eine solche Traurigkeit, eine solche Scham. Was war mit ihr los? Machte sich das Stockholm-Syndrom bereits bemerkbar?

„In mir lebt eine Bestie“, fuhr er fort. „So ist das bei jedem Mann in diesem Reich. Sie ist sehr schwer zu kontrollieren, besonders in Gegenwart von Frauen, die noch nicht beansprucht wurden. Deshalb ist es am besten, wenn du dich ruhig verhältst.“

„Hast du mich deshalb vorhin gefesselt?“

„Ich habe mir selbst etwas vorgemacht, als ich dachte, ich würde dich gehen lassen können.“ Corun betrachtete die Wunden, die die Fesseln auf ihrem Handgelenk hinterlassen hatten. Alles um ihn herum färbte sich rot, als er auf deren kompliziertes

Muster starrte. „Ich kann dich niemals gehen lassen. Du gehörst jetzt mir."

Chryssie schlug abwehrend die Hände vor die Brust. Ihre Stimme war hart wie Stein, als sie erwiderte: „Sag das nicht!"

Corun runzelte die Stirn, und seine Augen färbten sich noch röter. „Aber es ist wahr."

„Diese Worte sind nie wahr. Du wirst mich wegschicken, genau wie alle anderen."

Er rümpfte die Nase wie ein Hund, der das Kommando seines Menschen nicht verstanden hat. Sein Blick wanderte zu ihrem Hals.

Chryssie legte eine Hand auf die Stelle, auf die er starrte. An ihren Fingern klebte Blut. Es musste passiert sein, als er sie gepackt und aufs Bett geworfen hatte.

„Lass mich dich heilen", sagte er.

„Du kannst mich nicht heilen. Ich bin tot. Ich bin in der Hölle."

Sein Daumen strich über das Rinnsal, das ihren Hals hinunterlief. Flink wie ein Aasgeier, der geschwächte Beute erspäht hat, war er auf ihr. Sie keuchte, als seine Zunge ihre Haut berührte.

Corun leckte an ihrem Hals. Chryssie drückte eine Hand auf seine breite Brust, aber sie stieß ihn nicht weg. In ihrem Leben hatte es nur wenige

Umarmungen gegeben, nachdem ihre Mutter und ihre Schwester gestorben waren und sie in ein Pflegeheim gekommen war. Und es hatte definitiv noch nie jemand seine Lippen auf ihre Haut gepresst.

Als Corun die Wunde erreichte, die er an ihrem Hals hinterlassen hatte, protestierte sie nicht mehr. Ihre Hände ruhten auf seiner Brust, anstatt so zu tun, als wollte sie ihn wegstoßen. Sie spürte, wie sein Herz gegen ihre Handfläche schlug. Benommen fragte sie sich, warum es eigentlich Blut pumpte, wo sie doch tot waren. Das war der einzige Gedanke, der ihr in den Sinn kam, während er sie sanft in den Armen hielt, als wäre sie etwas Kostbares.

Er legte seine Lippen um die Stelle, an der er sie markiert hatte. Dann fuhr er mit der Zunge über ihre verwundete Haut. Vor und zurück strich er über den roten Fleck, den er verursacht hatte. Mit jeder Zungenbewegung spürte sie ein Ziehen in der Haut, als würde sie sich dank seiner Zuwendung wieder zusammenfügen.

Seine Lippen verweilten dort noch einige Augenblicke, nachdem die Haut aufgehört hatte, sich wieder zusammenzufädeln. Er drückte seine Stirn auf ihre, und sie atmeten die gleiche Luft ein. Chryssie wollte gerade den Kopf neigen und seine

Lippen kosten, aber sie verpasste den günstigen Moment, denn er fuhr fort zu sprechen.

„Du bist nicht tot, und glaub mir, das hier ist nicht die Hölle. Du bist jenseits des Schleiers. Ich glaube, die Menschen nennen es den Garten Eden."

Corun entfernte sich von ihr, und sie fühlte sich seiner wärmenden Umarmung beraubt. Sie machte sich darauf gefasst. Er würde sie jetzt verlassen. So wie es alle getan hatten.

Stattdessen nahm er ihre verletzte Hand in die seine. Die Hand, in die sie sich versehentlich mit dem Messer, das er ihr gegeben hatte, geschnitten hatte. Corun führte sie langsam an seinen Mund. Ihr stockte der Atem, als seine Lippen ihre verwundete Haut berührten. Während er daran leckte, fuhr er fort zu erklären.

„Dieser Ort ist das Labor der Göttin. Der Ort, an dem sie einst an der Schöpfung herumgetüftelt hat. Heutzutage weilt sie lieber im Erdinneren. Wir sind ihre ausrangierten biologischen Experimente."

„Experimente?", fragte Chryssie atemlos, während sie beobachtete, wie er an ihrer Hand saugte.

„Zuerst gab es Leben im Urmeer." Er leckte bis zur Spitze ihres unverletzten kleinen Fingers. „Dann sprossen Pflanzen auf der Erde." Er leckte über die

Spitze ihres unverletzten Ringfingers. „Gefolgt von den Reptilien, die aus dem Meer stiegen. Du kennst meine Art vielleicht als Dinosaurier."

Dinosaurier? Echt jetzt?

„Dann versuchte sie es mit Löwen, Bären und Wölfen."

„Es gibt Bärenmänner?", fragte Chryssie. „Wie Big Foot?"

„Bärenwandler mögen es nicht, wenn man sie so nennt."

Alles klar. Sie war also nicht tot. Sie befand sich in einer Parallelwelt, in der es Tiere gab, die sich in Menschen verwandeln konnten. Oder Männer, die sich in Tiere verwandelten. „Was ist mit den Frauen?"

„Sie hat Männer gemacht, aber keine Frauen."

„Oh. Also keine Eva?"

„Unsere Rippen sind intakt. Deshalb bist du hier. Ein Gestaltwandler kann seine innere Bestie kaum kontrollieren. Außer, wenn er ein Weibchen hat."

Corun küsste ihre Fingerspitzen eine nach der anderen. Sein Blick war dabei fest auf sie gerichtet. Seine Augen waren rubinrot. Chryssie sah darin ihr Spiegelbild. Fast hätte sie sich selbst nicht wiedererkannt.

Ihr Mund war geöffnet. Ihre Nasenlöcher aufgebläht. Ihre Augen groß wie Wagenräder, als hätte sie endlich das Heilmittel für ihre unheilbare Krankheit gefunden und wäre bereit, ihr Leben zu leben.

„Du hast gesagt, ich sei deine Gefährtin?“, fragte Chryssie.

Er nickte.

„Willst du mich in einen Drachen verwandeln?“

„Nein.“ Er bäumte sich auf.

„Oh, jetzt verstehe ich. Du willst mich schwängern, um deine Babydrachen zu bekommen. Deinen Nachwuchs.“

Sein Kiefer spannte sich an, und er sah weg. Sie war sich nicht sicher, ob aus Begehren oder aus Scham. Sie hoffte, dass es Begehren war. Noch nie hatte sich ein Mann für sie interessiert. Typisch, dass der erste heiße Typ, der auf sie stand, ein menschenfressendes Monster in sich trug und sie mit einem ebensolchen schwängern wollte.

„So attraktiv ich dich auch finde“, fuhr sie fort, „ich fürchte, ich kann dir nicht helfen. Ich kann keine Kinder bekommen. Ich habe eine seltene Krankheit, die ich an meine Nachkommen weitergeben würde, wenn ich welche haben könnte.“

„Menschliche Krankheiten gibt es im Schleier nicht.“

Chryssie atmete noch einmal tief ein. Sie dachte an den Schlag, den sie ihm vorhin auf die Nase verpasst hatte. Ihre Hand hatte dabei überhaupt nicht wehgetan. Verdammt, sie war gebissen worden, und sie hatte keine wirklichen Schmerzen verspürt.

„Warte mal! Willst du damit sagen, dass ich völlig geheilt bin?“

Corun nickte.

„Damit ich das richtig verstehe: Ich darf hierbleiben, lebendig, ohne Krankheit? Ich werde nicht schwach, müde oder krank sein?“

„Richtig.“

Chryssie sank auf die Knie. Dann stand sie auf dem Bett auf. Sie sprang einmal in die Höhe, dann noch einmal. Beim dritten Sprung schleuderte sie die Beine nach vorne und warf sich lachend auf die weiche Matratze zurück.

Sie war geheilt. Sie würde leben. Und zwar nicht in der Hölle, sondern als Gefährtin eines sexy Drachenwandlers, der sie mit einem Baby schwängern wollte, das auch nicht krank sein würde. Sie hatte gerade im Lotto gewonnen, und sie war bereit, die Auszahlung zu kassieren.

Corun beugte sich über sie. Seine Augen hatten ihren roten Farbton verloren und waren wieder ein flüssiges Braun wie Kaffee. Sie sah ihn an. Er sah besorgt aus, nicht glücklich.

„Ich glaube, du verstehst nicht, in welcher Lage du dich befindest, Chrysanthemum."

„Nein, ich glaube, ich verstehe es ganz gut. Nicht nur, dass ich meine J-Karte bei dir verlieren werde …"

„J-Karte?"

„Keine Krankheit mehr, stattdessen viel Sex und ein Baby, von dem ich nie gedacht hätte, dass ich es bekommen könnte."

Coruns Augen blitzten rot auf, aber nur für einen Augenblick. Seine Kehle wölbte sich, als er etwas hinunterschluckte, das schwer zu schlucken schien. „Ich fürchte, du erfasst nicht die gesamte Tragweite. Es gibt einen, wie soll ich sagen, Haken. Nur wenige Frauen überleben die Entbindung. Die Wahrscheinlichkeit, dass du sterben wirst, ist sehr hoch."

Natürlich gab es einen Haken. Den hatte es bei allen Medikamenten, die die Ärzte ihr in den Rachen geschoben hatten, um sie zu heilen, immer gegeben. Sie hatte schon vor Monaten aufgehört, Medikamente zu nehmen, als sie ihren Tod akzeptiert und überlegt hatte, wie sie hatte sterben wollen.

Chryssie setzte sich auf. Sie sah den Drachen an,

der sie eigentlich gerettet hatte. Sie streckte die Hand aus und fuhr damit über sein Kinn.

Corun zuckte zuerst vor ihrer Berührung zurück. Dann lehnte er sich in ihre Handfläche. Er schloss die Augen, und sie spürte ein leises Knurren aus seiner Kehle, als sie mit dem Daumen über seine Wange strich.

Sie hatte noch nie einen Mann berührt. Gerade diesen hier zu streicheln, erregte sie maßlos. Sie konnte es kaum erwarten, mehr von ihm zu berühren.

„Der Tod macht mir keine Angst", erwiderte sie. „Ich wurde als Opfergabe geboren."

„Als Opfergabe geboren?"

„Ich sollte meine Schwester retten, aber ich habe versagt. Ich war fast mein ganzes Leben lang krank und allein. Das Einzige, was ich je wollte, war, selbst zu bestimmen, wie und wann ich sterbe. Ich wollte heute Morgen Rache nehmen und dann mit Pauken und Trompeten untergehen, bevor ich getötet oder entführt oder was auch immer wurde."

„Eine Walküre hat dich zu mir gebracht."

„Ja, die knallharte Tussi im Lederkorsett. Im Kampf an ihrer Seite zu sterben, wäre cool gewesen. Aber abzutreten, nachdem ich ganz viel Sex mit dir hatte und dabei Babydrachen gezeugt habe?

Verdammt, das klingt nach einer tollen Art, einen Abgang zu machen."

Corun blinzelte einmal, zweimal. Dann blieben seine Augen eine ganze Minute lang offen. Das rote Glühen darin ebbte ab. „Warte …"

„Wir brauchen nicht zu warten." Chryssie ließ sich zurück aufs Bett fallen. „Wir können es jetzt tun."

Er atmete stoßweise und keuchend. In seinem Blick lag kein Verlangen, sondern blankes Entsetzen. Er rutschte vom Bett und fiel auf den Hintern. Als er sich aufgerappelt hatte, rannte er zur Tür hinaus, bevor sie ihm noch etwas zurufen konnte.

Sie hatte in ihrer Rolle als Retterin für ihre Schwester versagt. Sie hatte darin versagt, eine knallharte Heldin zu sein und ihre Familie zu rächen. Und jetzt hat sie darin versagt, für einen hartgesottenen Drachenwandler die Verführerin zu spielen.

Das war heute wirklich ein beschissener Tag.

KAPITEL NEUN

„Gib mir noch einen!" Corun hob kaum den Kopf, während er den Befehl bellte.

Der Barkeeper setzte sich in Bewegung, um Corun sein Getränk zu bringen. Einerseits, weil Corun ein Raubtier war und der Barkeeper ein Kobold. In erster Linie aber, weil jedes Wesen in diesem Reich die Edelsteine im Drachenberg begehrte.

Das *God's Teet* war heute Abend bis auf den letzten Platz gefüllt. Viele Kreaturen standen am gegenüberliegenden Ende der Bar und schrien dem Barkeeper ihre Getränkewünsche zu. Corun hatte seine Stimme nicht erheben müssen. Das brauchte er nicht. Er war ein Drache. Alle würden sich einen Arm und ein Bein ausreißen, um ihm aus dem Weg zu gehen oder ihm alles in den Weg zu legen, was er wollte.

Seit undenklichen Zeiten hatte seine Art den Himmel terrorisiert, Ländereien zertrampelt und alle Bewohner dieses üppigen Tals in Angst und Schrecken versetzt. Corun verstand nun, was dieses zerstörerische Verhalten ausgelöst hatte. Sämtliche Drachen litten seit Jahrhunderten unter dicken Eiern.

Corun schlug mit der Hand auf den Tresen. Die Fee neben ihm verlor ein paar Blütenblätter. Der Barkeeper stolperte herbei und verschüttete etwas von Coruns Getränk.

Corun öffnete den Mund, um sich bei dem Kobold zu entschuldigen, aber es strengte ihn zu sehr an. Ringsherum erntete er misstrauische Blicke von den anderen Gästen des Lokals. Allerdings konnte er nicht einfach auf seinen prallen Schritt zeigen, um seine schlechte Laune zu erklären.

Er hasste es, dass sie ihn nach dem Dampf, der aus seinen Nasenlöchern stieg, beurteilten und nicht nach seinem wahren Charakter. Sie würden nie erfahren, wie intelligent er war und dass er Blumen mochte, nicht nur die Zweibeinigen. Wahrscheinlich dachten sie, dass er seine Tage in den Tiefen des Berges verbrachte und seine Schätze vergrößerte, während er nachts zwischen den Schenkeln einer Fee Nektar schlürfte.

Im Großen und Ganzen hatten sie recht. Was die Tage betraf. Allerdings nicht die Nächte.

Corun war von Natur aus nicht gewalttätig. Außer, wenn sich jemand seinem Schatz näherte. Was hier niemand wagen würde. Was ihn zu seinem ursprünglichen Punkt zurückführte, dass ihn keiner verstand.

Der Barkeeper schob einen Krug mit einem dampfenden Getränk über den Tresen, hielt dabei jedoch respektvollen Abstand. Wie bei den letzten vier Krüge auch stürzte Corun das Zeug in einem Zug hinunter. Es brannte in seiner Kehle und übergoss seine Bestie mit flüssigem Feuer, allerdings reichte es nicht, um die Glut des Drachens zu abkühlen. Nicht nach dem, was seine Gefährtin zu ihm gesagt hatte.

Wir brauchen nicht zu warten. Wir können es jetzt tun.

Corun hatte nicht schnell genug aus dem Zimmer rennen können. Sie wollte ihn. Das hatte er nicht kommen sehen. Nicht in tausend Jahren. Keine Opfergabe hatte jemals ihr Schicksal akzeptiert. Na gut, abgesehen von Cardi. Aber sie war ein besonderer Fall.

„Willst du deinen Docht heute Nacht mit etwas Honig anfeuchten? Oder sollen wir es ein wenig interessanter machen?"

Corun seufzte in seinen leeren Krug. Er vermisste das Alleinsein, das er vor wenigen Minuten noch beklagt hatte.

Eine goldhaarige Frau setzte sich auf den Barhocker neben ihm. Ihre Haare nahmen einen Großteil des Raums zwischen ihnen ein. Ihre wilde Mähne mit wallenden Locken war so breit wie ein Busch. Auch ihr Körper war vergleichsweise breit, allerdings tat das den ansehnlichen Kurven ihrer großen Gestalt keinen Abbruch. Um ihre blauen Augen und ihre spöttisch nach oben gezogenen Mundwinkel herum waren Falten, aber auch das minderte ihre alterslose Schönheit um keinen Deut.

Leona war eine schöne Frau, und es war nicht das erste Mal, dass sie ihm ein Angebot gemacht hatte. Corun konnte ihre Beweggründe nachvollziehen. Auch sie war die Letzte ihrer Art.

„Ich kann nicht", erwiderte er brummend. „Bin nun an jemanden gebunden."

Sie sah ihn mit einem durchtriebenen Blick an. „Ich meinte nicht kopulieren, sondern kämpfen."

„Kämpfen? Mir dir?" Corun richtete sich entsetzt auf.

Leona war stark und konnte sich behaupten, aber sie war eine Frau, und das würde er niemals tun.

„Nein, du Dummkopf. Nicht mit mir. Mit einem meiner Jungtiere."

Corun schaute zum hinteren Teil der Bar, wo drei ihrer Jungen ein paar Feen unterhielten. Diese Löwenwandler konnte man allerdings nicht mehr als Jungtiere bezeichnen. Sie waren ausgewachsene, kräftige Männer mit dichten Mähnen aus goldenen Locken. Aber sag das mal einer Mutter!

Anders als bei den Drachen hatte die Göttin Löwinnen geschaffen. Aber diese Weibchen waren selten. Es brauchte einen starken Mann, um sie zu zähmen. Corun hatte Leonas Gefährten nie kennengelernt und sich immer gefragt, ob sie den armen Kerl gefressen und an ihre Söhne verfüttert hatte.

„Woher hast du eine neue Opfergabe?", fragte Leona. „Hast du dich durch den Schleier geschlichen?"

„Nein." Das hätte den Tod für ihn bedeutet. Die Walküren duldeten keine Verstöße gegen ihre Regeln. „Morrigan hat sie mitgebracht."

„Warum?"

Gute Frage. Warum hatte die Walküre die Regeln gebrochen?

„Meine Jungs brauchen Bräute. Warum bringt sie *ihnen* keine? Wenigstens töten die Löwen ihre Frauen nicht."

Corun durchbohrte sie mit seinem Blick.

Leona zuckte unschuldig mit den Schultern. „Ist doch wahr! Ein Drachenopfer stirbt entweder, wird zu Gemüse oder entkommt durch den Schleier und landet wieder in seiner Welt."

„Entkommen? Keine Frau ist jemals geflohen."

Leona ignorierte seine Aussage. „Ist diese wenigstens paarungsfähig?"

Corun griff nach seinem neuen Krug, anstatt zu antworten. Chryssie war nicht nur körperlich und geistig in Topform, sie war auch willig. Nicht nur das. Sie war begierig.

Cardi war ein Kind gewesen, als man sie vor ihre Türschwelle abgeladen hatte. Na gut, nicht wirklich abgeladen. Morrigan hatte sie ebenfalls in einem Leinensack gebracht. Die Walküre hatte an die Tür geklopft, nach der Bezahlung gefragt und Cardi zu Kimbers Füßen abgesetzt.

Kimber war kein Rohling. Keiner von ihnen war das. Cardi war also nicht beansprucht worden.

Noch nicht.

Sie hatte die Möglichkeit erhalten, in Ruhe aufzuwachsen und eine kleine Drachentöterin zu werden – und sie bei allen möglichen Spielen aus ihrer Welt zu schlagen, sie um den kleinen Finger zu wickeln und ihre Drachen ihrem Willen zu unterwerfen. Denn eine Frau war zwar eine Opfergabe, aber solange sie lebte, waren die Drachen ihr treu ergeben. Keiner wollte, dass Kimber ihre kleine Kardinalsünde beanspruchte. Keiner wollte zusehen, wie ihr Bauch anschwoll, wie sie gebären und dann sterben würde.

„Jetzt verstehe ich, warum du und dein Bruder mich abgewiesen habt." Leona warf einen Blick auf seinen Schritt, dann rutschte sie von ihrem Barhocker und schlenderte davon.

Corun kehrte zu seinem Krug zurück. Wenn doch nur etwas mit seiner Manneskraft nicht stimmen würde. Er hämmerte auf den Tresen, um ein weiteres Getränk zu erhalten. Egal, wie sehr er versuchte, sich zu betrinken, sein Drache lugte stets hervor und wollte sie haben.

Vielleicht könnte er seine Lust mit einer Elfe befriedigen? Aber als er einen Blick auf die schlanken Geschöpfe warf, besann er sich eines Besseren.

In einer Ecke der Bar spielten ein paar Feen und Wolfsmenschen Senet. Dabei schoben sie Figuren auf einem geschnitzten Brett hin und her und kämpften um die Vorherrschaft. In einer anderen Ecke rangen zwei Löwenwandler in einem auf den Boden gezeichneten Kreis miteinander, während sie von einigen Zuschauern angefeuert wurden. Und dann war da noch Corun, eines der wildesten Raubtiere dieses Reiches, der vor einer 50 Kilogramm leichten Menschenfrau davonrannte.

Eine Hand schnappte ihm das Getränk weg. Corun knurrte, Rauch quoll ihm aus der Nase. Corun hätte am liebsten gekämpft. Das wäre besser als nach Hause zu gehen und seinen niederen Instinkten zu erliegen, indem er seine Opfergabe begattete.

„Du bist erbärmlich, Bruder." Beryl stürzte Coruns Getränk hinunter. Dann spuckte er es prompt wieder aus. „Was ist das für ein fruchtiger Scheiß?"

„Das ist Granatapfel-Höllenfeuer", erwiderte Corun.

„Granatapfel? Was bist du, eine Fee?" Beryl gab dem Barkeeper ein Zeichen. „Kein Wunder, dass deine Eier verschrumpelt sind und du vor Mädchen davonläufst."

„Ich bin nicht davongelaufen."

Beryl schnaubte. „Dann geh nach Hause und beanspruche deine Opfergabe."

Corun biss die Zähne zusammen.

„Gut. Dann nimm deine Markierung zurück und lass mich an sie ran."

Coruns Drache bäumte sich auf. Beryl war doppelt so groß wie er, aber Corun hatte seinen Bruder innerhalb einer Sekunde auf den Tresen gedrückt. Seine Reißzähne funkelten bedrohlich. Seine Krallen waren ausgefahren. Rot verwischte seine Sicht, aber er konnte immer noch Beryls selbstgefälliges Grinsen sehen. Trotz seiner Muskeln hatte dieser ein paar Neuronen in seinem Gehirn, die noch ordnungsgemäß feuerten.

„Du kannst nicht beides haben", sagte Beryl. „Du willst sie behalten, aber nicht beanspruchen."

„Damit sie stirbt?"

„Damit sie unserer Art hilft weiterzuleben. Menschenfrauen wird es immer geben. Aber wir sind die letzten Drachen. Ihre Aufopferung ist eine glorreiche Sache. Und nach dem, was ich gehört habe, ist sie dazu bereit."

„So einfach ist das nicht." Corun ließ seinen Bruder aufstehen. Dann ging er in Richtung des Ausgangs, da er nicht gewillt war, sein Privatleben mit dem geselligsten Mann des Reiches zu erörtern.

„Doch, das ist es", erwiderte Beryl.

„Du willst mir also sagen, dass ich diese arme Frau dem Monster in mir überlassen soll?“

Beryl sah ihn mit einem Blick an, der weiser war als sein Alter. Nach Rhoyl hatte Beryl seine Bestie am wenigsten unter Kontrolle. Corun sah jetzt den Drachen, der ihn aus Beryls Augen heraus anschaute. „Das ist dein Problem. Der Drache ist nicht in dir, der Drache *ist* du.“

Allein dieser Gedanke machte Corun Angst. Er musste das Monster in sich kontrollieren. Es war nicht er. Aber Beryl hatte in einem Punkt recht.

Er hatte jetzt eine Gefährtin, für die er sorgen musste. Er konnte sie nicht allein und schutzlos in dieser Welt zurücklassen. Wenn er sich in eine Richtung wandte, könnte Chryssie schwanger werden und sterben. Wenn er eine andere Richtung einschlüge, könnte er sie an eine andere Bestie in diesem Reich verlieren. Sie war ein lebender Zauberwürfel. Diesmal hatte er keine andere Wahl, als sich hinzusetzen und das Rätsel zu lösen. Bis alle Seiten sortiert waren.

KAPITEL ZEHN

„Ja, ja, ja!" Chryssie schlug die Hände über dem Kopf zusammen. „Ich habe das nächste Level erreicht!"

Sie wedelte mit der Faust in der Luft, den Controller immer noch festhaltend, als Luigi in einem grünen Tunnel verschwand. Es war Jahre her, dass sie ein Videospiel gespielt hatte, geschweige denn das Original *Super Mario Brothers* auf einem echten Nintendo NES-System mit einem rechteckigen Controller und allem Drum und Dran.

„Gut gemacht", sagte Ilia. Seine Augen glühten. Sein Lächeln wirkte erzwungen. Sie konnte sehen, wie seine Reißzähne hervorlugten. Die Haut auf seinen Handrücken schimmerte, verwandelte sich in Schuppen und wieder zurück.

„Geht es dir gut, Ilia?", fragte Chryssie.

„Alles bestens. Ich bin ein fortschrittlicher Drache und habe keinerlei Probleme damit, von einer Frau besiegt zu werden."

Chryssie war sich nicht sicher, ob sie ihm das abnehmen sollte. Sowohl er als auch Corun drückten sich bisweilen sehr eigenartig aus. Aber sie wollte, dass Ilia sie mochte. Das hier sollte ihr Zuhause werden. Diese Männer – Drachenwandler – würden ihre Familie sein.

Eine Zeit lang.

Sie war geübt darin, sich in eine neue Pflegefamilie einzufügen. Sie hatte das schon mehr als zehnmal in ihrem Leben gemacht. Erster Trick: nicht auffallen.

Zu spät. Sie war die einzige Frau in einer Burg voller männlicher Drachenwandler.

Zweite Regel: unterwürfig sein. Das dominante Kind nicht verärgern. Aber das hatte sie vermasselt, denn Luigi hatte Mario im Spiel übertroffen. Vielleicht sollte sie das nächste Mal Ilia gewinnen lassen, damit er sie mochte?

Pfft. Diese Chryssie, die sich von Leuten auf der Nase hatte herumtanzen lassen, war tot. Anstatt die weiße Fahne zu hissen, schoss sie an den reptilienartigen Hindernissen vorbei, um ihren Avatar auf das nächste Level zu bringen.

Sie hatte stundenlang in dem Zimmer auf Corun gewartet und sich auf den Bettsport gefreut. Als er nicht zurückgekehrt war, hatte sie sich auf die Suche nach ihm gemacht. Zuerst war sie bei jeder Biegung zusammengezuckt. Das Schloss hatte etwas von einem mittelalterlichen Fantasy-Gebäude mit modernen Extras, die keinen Sinn ergaben. An manchen Stellen brannten Fackeln, an anderen gab es elektrisches Licht. Antike Holzmöbel standen neben einer Liebesbank sowie einem Sitzsack mit psychedelischen Siebziger-Jahre-Mustern.

Als ihr ein köstlicher Geruch in die Nase gestiegen war, war sie ihm gefolgt. Oder besser gesagt, ihr Magen hatte es getan. Sie war auf einen Mann gestoßen, der in einer Art Küche am offenen Feuer gekocht hatte. Es hatte eine Feuerstelle im Boden, einen Herd mit Töpfen und Pfannen darauf sowie eine Mikrowelle mit Popcorn darin gegeben.

Hier hatte sie Corun nicht finden können. Aber sie hatte das Gesicht des Mannes am Herd wiedererkannt. Er war derjenige gewesen, der ihr gesagt hatte, sie solle weglaufen. Er hatte sie teilnahmslos angesehen, als sie in der Küchentür gestanden hatte.

Dann hatte er ihr den Rücken zugewandt, um einen Teller anzurichten.

Er war zu ihr gekommen und hatte ihr diesen mit Fleisch, Soße und Blumenblüten darauf gereicht.

Chryssie war noch nie wählerisch beim Essen gewesen. Vor allem, weil sie in den Heimen, in denen sie untergebracht gewesen war, keine Wahl gehabt hatte. Aber auch, weil sie für alles dankbar gewesen war, was sie bei sich hatte behalten können. Die Krankheit hatte ihr einen schwachen Magen beschert.

Das Fleisch war förmlich vom Knochen gefallen. Die Soße war würzig gewesen. Die Blüte hatte eine fleischige, pilzartige Konsistenz gehabt. Sie hatte alles hinuntergeschlungen und es bei sich behalten können. In der Hoffnung auf einen Nachschlag hatte sie aufgeschaut und festgestellt, dass der Mann ihr unaufgefordert einen zweiten Teller hingestellt hatte.

Er hatte kein einziges Wort von sich gegeben und keinerlei Anstalten gemacht, sich mit ihr zu unterhalten. Da hatte Ilia die Küche betreten. Sein Bruder – Elek, wie sie erfahren hatte – hatte nicht reagiert, als Ilia ihn gebeten hatte, mit ihm zu spielen.

Ilia hatte sich brummend umgedreht, und sein Blick war auf Chryssie gefallen. So war es gekommen, dass sie nun die Originalversion von *Super Mario Brothers* spielte, und zwar in der so genannten Männerhöhle. Es war tatsächlich eine Höhle.

Eine Ledercouch nahm den größten Teil des Raumes ein. An einer Wand hing ein Großbildfernseher, aber man sah keine Kabel. Es gab einen VHS-Spieler und ein Regal voller Videokassetten, hauptsächlich World-Wrestling-Entertainment-Folgen und alte Blockbuster. Einige Spiele, wie *Operation, Don't Break the Ice* und *Connect Four,* lagen ordentlich gestapelt im Regal, zusammen mit vielen Nintendo und Sega-Spielkassetten.

„Ich habe dieses Spiel nicht mehr gespielt, seit ich ein Kind war." Es machte Spaß. Es lenkte sie von ihrem verschwundenen Drachen ab.

Ilia hatte gesagt, Corun sei in die Stadt gegangen. Wohl eher davongelaufen. Corun, der große, furchterregende Drache, hatte Angst gehabt, als sie seiner Forderung zugestimmt hatte. Chryssie hatte die Menschen oft mit ihren Aussagen schockiert. Aber das hatte die Aussicht, jung zu sterben, eben aus ihr gemacht. Sie hatte nicht viel zu verlieren gehabt.

Die Mario-Siegermusik spielte wieder für Luigi.

Neben ihr verzog Ilia den Mund und starrte auf den Bildschirm.

Chryssie schob sich in die Ecke der Couch. „Und, bist du ein schlechter Verlierer? Wird dein Drache rauskommen und mich fressen?"

Ilia drehte sich zu ihr, und seine Augen wurden sofort wieder braun. „Ich würde niemals einer Frau wehtun. Zumindest nicht absichtlich."

Der Tod durch einen Drachen wäre immer noch eine coole Art zu sterben, aber Chryssie wollte zuerst von einem anderen Drachen verschlungen werden. Und sie wollte, dass dieser gewisse Drache zuerst ihre weiblichen Körperteile verschlang.

„Du gehörst jetzt zur Familie", sagte Ilia. „Und wir fressen unsere Familienmitglieder nicht. Nicht mehr."

„Das ist gut zu wissen." Auch wenn sie zivilisiert schienen, musste sie daran denken, dass in diesen Männern Monster hausten. Sie hatte die Bestien mit eigenen Augen gesehen. Eines lugte soeben durchs Fenster.

„Hallo", sagte Chryssie.

„Das ist Rhoyl", erläuterte Ilia. „Seine Bestie hat ihn verschlungen."

„Verschlungen?"

„Ja. Das wird uns allen passieren, wenn wir keine

weiblichen Opfergaben bekommen. Wir wurden nicht geboren, um allein zu sein."

Sie drehte sich wieder zu dem Drachen am Fenster um. Er sah sie mit solch menschlichen Augen an. „Kann er mich hören?"

„Ja, mit seinen Ohren ist alles in Ordnung."

Chryssie näherte sich dem Drachen zaghaft. Er beugte seinen Kopf über die Fensterbank. Mutig streckte sie die Hand aus und strich mit den Fingern über seine lange Schnauze. Seine Schuppen fühlten sich so weich an.

Ein leises Grummeln, das wie ein Schnurren klang, drang aus seiner Kehle. Sie fragte sich, ob Corun auch so weich war. Würde er sie seinen Drachen sehen lassen? Würde er bei ihrer Berührung schnurren?

Die Brauen des grünen Drachens hoben sich.

„Sei vorsichtig", rief Ilia. „Ein Drache kann deine Gedanken lesen, wenn du ihn berührst."

Chryssie riss ihre Hand zurück.

Der Drache verzog seine langen Lippen zu einem zahnlosen Grinsen. Er neigte den Kopf. Seine Augen blickten unter seinen Wimpern zu ihr auf.

„Hat sie an Corun gedacht?", fragte Ilia, während er die Tasten des Joysticks drückte. Die Todesmelodie ertönte, als Mario von einer Piranha-Pflanze gebissen wurde. „Er ist ein Glückspilz. Ich habe hart für dich gekämpft, weißt du. Aber ich habe verloren. Ich gewinne nie etwas. Trotzdem bin ich froh, dass du jetzt zu uns gehörst."

„Zu uns?", fragte Chryssie.

„Du bist die Gefährtin unseres Bruders, also gehörst du zur Familie. Du kannst gegen jemanden aus deiner Familie verlieren." Er warf den Controller weg, als das Spiel zu Ende war. „Aber die Familienmitglieder kämpfen immer füreinander."

Chryssie lehnte sich mit dem Rücken gegen das offene Fenster. Ihr Arm berührte Rhoyls weiche Schuppen. Es war ein schöner Gedanke. Wenn diese Drachen doch nur schon früher in ihr Leben getreten wären, als sie Doktor Tod gegenübergestanden hatte.

Ilia wurde hellhörig, wie ein Hund, der ein Geräusch wahrnimmt, das kein Mensch hören kann. „Hat dich jemand verletzt?"

Feuer drang aus Rhoyls Nase. Elek schälte sich aus den Schatten. Ehe sie sich's versah, hatte Chryssie drei wütende Drachenwandler um sich.

„Ist das der Mann, vor dem dich die Walküre gerettet hat?", fragte Elek. Seine Stimme war nicht so tief wie die der anderen. Sie war sanft und beruhigend, aber immer noch bedrohlich.

„Möchtest du, dass wir nach Walhalla gehen und ihn noch einmal töten?", fragte Ilia.

„Ich …" Noch nie hatte jemand angeboten, einen Menschen für sie zu töten. Wollte sie sich nach wie vor rächen?

„Du stehst jetzt unter unserem Schutz. Keiner rührt unseren Schatz an."

Schatz? Sie war ihr Schatz. Sie war nie von jemandem als wertvoll erachtet worden, außer von ihrer eigenen Familie. Ihrer wahren Familie. Diese Männer waren nicht ihre richtige Familie. Sie spielten sich nur in einem Revierkampf auf. Es ging nicht wirklich um sie. Und sie brauchte keine Rache mehr. Die hatte sie bereits gehabt. Die Waffe auf den Arzt zu richten, war Genugtuung genug gewesen.

„Nein, jetzt will ich einfach mein Leben in vollen Zügen genießen. In der Zeit, die mir noch bleibt."

„Was möchtest du als Erstes tun?", fragte Ilia. „*Mortal Kombat* spielen? Oder *Sonic the Hedgehog*?"

Chryssie wusste genau, was sie als Erstes tun wollte. Aber da derjenige, mit dem sie es hatte tun wollen, abgehauen war, überlegte sie, ob vielleicht einer seiner Brüder Interesse hätte.

KAPITEL ELF

Der Wind, der um seine Flügel brauste, half ihm, sich abzukühlen. Obwohl er in seiner Drachengestalt war, hielt Corun die Bestie an der kurzen Leine. Er hatte sich dem Drachen nur unterworfen, weil es der schnellste Weg zurück nach Hause war. Aber er wusste, dass das Tier unbedingt zu Chrysanthemum zurückwollte.

Corun wollte nicht, dass sie ihn so sah, derart außer Kontrolle. Die Bestie würde sie wahrscheinlich sofort zerfleischen, und das war nicht Teil seines Plans. Es hatte ihn einen Becher gemahlener und vergorener Bohnen gekostet, um nüchtern zu werden und einen Schlachtplan zu entwerfen, der Mann, Frau und Bestie besänftigen würde. Jetzt musste der Mann nur noch die Bestie und die Frau für sich gewinnen.

Obwohl Corun nun eine Gefährtin hatte, musste er sich weiterhin auf einen Trank konzentrieren, der seinen Brüdern helfen würde, ihre inneren Bestien im Zaum zu halten. Andernfalls würden er und Kimber die einzigen Drachenwandler in der Familie sein.

Die Burg kam in Sichtweite. Er sah Rhoyl, Ilia und Elek am Nachthimmel vor dem Mond fliegen. Corun landete und zwang die Bestie, ihm seinen Körper zurückzugeben. Die Verwandlung war schmerzhaft, wie immer. Jedes Mal entglitt ihm ein Stückchen der Leine, zugunsten des Drachens.

Er ging zum rückseitigen Eingang und schnappte sich einen der Mäntel, die sie draußen an einen Haken gehängt hatten. Keiner seiner Brüder hatte etwas gegen Nacktheit, außer wenn Cardi in der Nähe war. Corun nahm sich vor, die Anzahl der Kleidungsstücke an den Eingängen zu verdoppeln, jetzt, da Chryssie hier war.

Oben am Nachthimmel machte Rhoyl wilde Drehungen. Die Bestie wurde immer waghalsiger. Aber sie tat niemandem etwas zuleide, also ließ Corun sie gewähren. Einen Augenblick lang wünschte er sich, seine Opfergabe wäre für den mittleren Drilling gekommen. Vielleicht hätte sie Rhoyl, den Mann, zurückbringen können. Aber jetzt gab es keine Hoffnung mehr, dass er jemals seine Bestie würde zügeln und seinen Körper würde zurückfordern können.

Corun war schon an der Tür, als er sie schreien hörte. Er griff nach der Klinke. Doch als der Schrei das nächste Mal ertönte, verrieten ihm seine empfindlichen Ohren, dass sie nicht weit weg war.

War sie draußen in den Gärten? Hatte sie sich verirrt? Nichts und niemand würde es wagen, sie zu berühren, wenn sie seinen Geruch an sich hätte.

Aber sein Geruch war nicht an ihr. Er hatte sie nicht beansprucht. Er hatte sie nur als sein Eigentum markiert. Wenn ein Bär, ein Löwe oder ein Wolf vorbeigekommen wäre, würde er diese Markierung nicht respektieren. Er könnte sie überwältigen und sie in seinen Bau oder seine Höhle bringen und sie ganz und gar zu der Seinen machen.

Ein leises Knurren drang aus seiner Kehle. Corun kämpfte mit seinem Drachen um die Kontrolle. Er durfte jetzt nicht zur Bestie werden. Er musste klar denken, er musste sich konzentrieren.

Er kannte ihren Duft. Er hatte ihn sich in dem

Moment eingeprägt, als die Walküre ihr schönes Gesicht enthüllt hatte.

Corun atmete tief ein. Sie war in der Nähe. So nah und doch so fern.

Aber wo genau?

Sie schrie wieder. Doch der Laut enthielt keine Angst. Er endete in einem Kichern.

„Ich werde fallen!"

Corun blickte auf. Rhoyls Schwingen schlugen durch die nächtliche Luft. Auf seinem Rücken saß seine Gefährtin.

Ihr Kopf wurde zurückgeworfen, und sie lachte und schrie und spornte seinen Bruder an. Sie befand sich hoch über dem Boden. Ohne Sicherheitsgurt. Mit seinem Bruder zwischen ihren Schenkeln.

Corun sah rot. Die Erde bebte. Die Luft erhitzte sich, als Mensch und Drache brüllten.

Rhoyl schraubte sich nach oben. Er breitete die Flügel weit aus, um seine Reiterin zu schützen. Sein Blick suchte nach der Bedrohung am Boden. Aber die einzige Bedrohung am Boden war sein Bruder, der rasch die Kontrolle über seinen Drachen verlor.

Corun sah seinen jüngeren Bruder nicht mehr. Nein, er sah nur noch einen Rivalen. Einen Rivalen, der seine Gefährtin auf sich sitzen hatte.

Rhoyl sank langsam zu Boden. Er landete mit

gesenktem Kopf, in einer devoten, flehenden Haltung.

„Steig herunter!“, befahl Corun.

Chrysanthemums Blick begegnete seinem.

„Oh“, sagte sie nonchalant. „Du bist wieder da.“

Corun riss sie von Rhoyls Rücken. Ihre Füße berührten nicht den Boden. Er warf sie sich über die Schulter und marschierte in die Burg. Trotz ihrer Proteste blieb er nicht stehen. Er hielt erst an, als sie in seinem Zimmer waren. Er stieß die Tür hinter ihnen zu und warf sie auf sein Bett.

„Was ist los mit dir?“, wollte sie wissen, während sie sich ihre feuerroten Haare aus der Stirn strich.

„Ich sagte doch, ich bin eine Bestie. Verhöhne die Bestie nicht!“

„Wie habe ich dich verhöhnt? Ich habe doch gar nicht an dich gedacht.“

Das zu hören wurmte ihn gewaltig.

„Du bist abgehauen, nachdem ich mich dir angeboten habe“, sagte sie. „Ich habe mir also Unterhaltung gesucht.“

„Indem du auf meinem Bruder geritten bist.“

„Nun, wenn du es so ausdrücken willst …“

„Wenn du jemanden reiten willst, dann mich.“

Sie setzte sich auf. Ihre Nasenlöcher bebten, und sie öffnete leicht die Lippen. „Ja, gerne.“

Corun schluckte. Durften Frauen so offen mit ihrer Sexualität umgehen? Feen, ja gut. Aber menschliche Frauen? Sie sollten doch ängstlich sein, sich ducken, fügen. Cardi war anders, aber sie war seit ihrer Kindheit bei den Drachen, also hatte sie schon vor langer Zeit jegliche Angst verloren. Wenn sie überhaupt je welche gehabt hatte.

Chrysanthemum zeigte keine Angst. Sie sah wollüstig aus. Ihre Brüste hoben und senkten sich bei jedem Atemzug.

Er kam näher, und seine Reißzähne trieften vor Verlangen. Er sah deren Widerspiegelung in ihren Augen. Ihre Kehle bebte, als sie schluckte.

„Was machst du da?“, fragte sie.

„Ich beanspruche dich.“ Corun machte einen weiteren Schritt auf sie zu. Sie schluckte erneut unsicher.

„Wie … Wie funktioniert das?“

„Ich habe dich nur markiert. Ich muss dir meinen Geruch übertragen, um andere Raubtiere abzuwehren.“

„Wie willst du das machen?“

„Ich werde dich kosten.“

„Mich kosten? Oh, du meinst einen Kuss?“

„Für den Anfang.“

Er packte ihre Oberschenkel und zog sie mit

einem Ruck zu sich. Sie fiel mit dem Rücken auf die Matratze. Ihre Beine waren immer noch in dem groben Stoff gefangen, den sie bei ihrer Ankunft getragen hatte. Corun packte die Hose an der Naht, kurz über ihrem Stiefelabsatz, und riss sie auseinander. Der Stoff gab leicht nach und fiel weg wie Erde in einer Bergmine, um den Schatz freizulegen, der darin vergraben war.

Ihre Hand wanderte zu seiner Brust. „Du wirst doch sanft sein, oder?"

„Nein." Er packte ihre Arme und drückte sie über ihren Kopf. „Ich werde gründlich sein. Und du bist jetzt ruhig!"

Seine Lippen forderten die ihren in einem feurigen Kuss. Er spürte, wie ihr Körper unter seinem nachgab. Er hatte gerade erst angefangen, und sie wurde schon weich.

Er blickte auf das, was ihm gehörte, hinunter. Sie war ein Juwel im Rohzustand. Rote Haare wie ein Rubin. Gleich würde er erfahren, wie rot er sie würde machen können. Er fragte sich sogar, ob alle Haare an ihr rot waren. Das würde er gleich herausfinden.

KAPITEL ZWÖLF

Chryssie war schon früher vor anderen entblößt worden. Als sie zum ersten Mal krank geworden war, hatte sie oft festgebunden auf einem Untersuchungstisch in einer sterilen Arztpraxis gelegen. Es waren immer mindestens zwei Leute da gewesen, die mit medizinischem Interesse auf ihren Körper oder in ihren Körper geschaut hatten. Keiner hatte sie jemals mit fleischlicher Lust betrachtet.

Corun zerriss den Stoff ihrer Jeans. Die Designer-Kleidung aus dem Secondhand-Laden hatte sie ein hübsches Sümmchen gekostet. Mehr, als sie sich eigentlich hatte leisten können. Sie trauerte nicht um den Verlust.

Sie lag mit nacktem Oberkörper vor einem sexy

Drachenwandler. Na gut, fast nackt. Ihr Slip und die knallharten Stiefel waren noch übrig. Sie wäre nicht erfreut, wenn er auch die Stiefel ruinieren würde.

Corun entledigte sie auch ihres Baumwollhöschens. Dann spreizte er ihre Schenkel und starrte sie einfach nur an.

Chryssie wurde da unten schon fast peinlich feucht. Und nicht nur das – ihr Geschlecht pulsierte im Takt seiner keuchenden Atemzüge. Beschämt griff sie nach unten, um sich zu bedecken.

Coruns Augen blitzten rot auf. Ein bedrohliches Knurren drang durch seine zusammengebissenen Zähne. Ohne ein Wort riss er ihre zerfetzte Jeans in dünne Streifen. Blitzschnell schob er ihre Hände von ihrem Geschlecht und band ihre Handgelenke in einem komplizierten Knoten zusammen. Als ihre Hände nun so gefesselt waren, streckte er ihre Arme über ihren Kopf und band die Enden der Stofffetzen an das Gitter des Kopfteils.

Da war es wieder. Das Gefühl der Freiheit, der Schwerelosigkeit, das sich eingestellt hatte, als sie das erste Mal aufgewacht war und sich gefesselt und an einem Haken hängend in einer Rubin-Mine wiedergefunden hatte.

In dieser gestreckten Position wölbte sich ihr Oberkörper. Der Mann über ihr ließ ihren gesamten

Leib erbeben, und ihre Erregung konzentrierte sich an einem bestimmten Punkt. Ihre Finger krümmten sich und lösten sich wieder. Ihre Handgelenke drückten gegen die Fesseln und streckten ihren Körper noch mehr.

Da ihre Arme ihren Kopf festhielten, konnte sie ihn weder nach links noch nach rechts drehen, um zu sehen, was Corun tat. Anstatt flach in Richtung ihrer Achselhöhlen zu fallen, ragten ihre Brüste stramm nach oben und fühlten sich geschwollen und prall an. Ihre Brustwarzen trotzten der Schwerkraft, richteten sich zu dem Mann über ihr auf und bettelten um seine Zuwendung.

„Ich möchte dich berühren", sagte Chryssie.

Corun schüttelte den Kopf und umfasste ihre Unterlippe mit seinen Zähnen. Er knabberte daran, und sein Kuss war die perfekte Mischung zwischen sanft und schmerzhaft. Er machte sie rasend.

„Das wäre unklug", erwiderte er.

„Dich zu berühren?" Ihre Stimme bebte. „Warum?"

„Ich kann euch nicht beide gleichzeitig kontrollieren."

„Wen?"

„Dich und meinen Drachen."

„Aber …"

„So ist es besser. So wird es gemacht."

Corun ließ keine weitere Widerrede zu. Er widmete sich wieder ihren Lippen. Sein Körper schmiegte sich an ihre Scham, und jeder Protest war vergessen.

Also gut, er würde sie entjungfern, ihr die J-Karte nehmen. Sie hatte gedacht, sie würde diese ihr Leben lang behalten. Aber nein, jetzt war sie dabei, ihr Konto zu überziehen, ihre Mitgliedschaft zu kündigen und das Stück Plastik zu schreddern.

Corun ließ sich Zeit mit ihr, bewegte sich langsam und methodisch. Sie konnte sich wirklich nicht beschweren. Er war ein Mann, der sein Wort hielt. Er war gründlich.

Sie war schon ein paar Mal geküsst worden. Aber nie auf diese Weise. Niemals so, als wäre sie ein edler Tropfen Wein oder ein köstliches Dessert. Corun nippte an ihr, saugte an ihr. An ihrer Unterlippe. An ihrer Oberlippe. An ihrer Zunge. An ihren Mundwinkeln. An dem Bereich zwischen ihren Zähnen und ihren Lippen.

Er beanspruchte alles für sich.

Endlich war die Vorpremiere zu Ende, und die Show konnte beginnen. Er wanderte ihren Hals hinunter, schmeckte ihre Haut, und sie schnappte nach Luft. Sie zerrte an ihren Fesseln, wollte ihn unbedingt berühren. Aber er hatte sie völlig unter Kontrolle.

„Bitte", flehte sie.

„Was?" Er löste seine Lippen von ihrer Haut. „Was brauchst du, was ich dir nicht gebe?"

„Ich … Ich …" Sie wusste nicht, was sie wollte.

„Ruhig jetzt, ich weiß genau, was du brauchst. Ich kümmere mich um dich. Ich kümmere mich um alles."

Sie glaubte ihm.

Corun umfasste ihre Brüste. Er nahm eine in den Mund und biss zu. Chryssies Oberkörper wölbte sich vom Bett und drückte sich fester an seinen Mund.

Er drückte ihre Hüften mit seinen nach unten. Sie spürte seine Erektion, die gegen ihre nackte Haut pochte. Sie kreuzte ihre Beine über seinem Rücken und legte die Stiefel auf seinen Hintern. Aber er machte keine Anstalten, sich zu entkleiden und in sie einzudringen.

Chryssie konnte warten. Seine Liebkosungen ihrer Brust raubten ihr den Verstand. Und jetzt wechselte er zu der anderen.

Hitze sammelte sich in ihrem Bauch. So lodernd, so intensiv, dass sie sich fragte, ob sie Feuer speien würde.

„Corun", winselte sie.

Er starrte sie an. Seine Augen waren glühend rote Schlitze. „Meins."

Sie war sich nicht sicher, ob es der Mann oder der Drache war, der sie für sich beanspruchte. Sie hatte keine Angst vor dem Drachen, der sie anfunkelte. Sie hatte keine Angst vor dem Mann, der sie festhielt.

Corun umfasste ihre Knöchel, die immer noch in den Stiefeln steckten. Er zog ruckartig daran, bis ihr Rücken flach auf dem Bett lag. Oder zumindest einigermaßen flach, denn sie wölbte ihn wieder angesichts seiner Berührungen.

Er schob ihre Knöchel in Richtung ihres Gesäßes, bis ihre Knie gebeugt waren. Dort hielt er sie fest, und ihr Unterleib war ihm völlig ausgeliefert. Chryssie wand sich hin und her, während er sie anstarrte und sich über die Lippen leckte.

„Sei still, das wird ihn besänftigen, und es wird dich beruhigen."

Er bewegte sich langsam nach unten, mit konzentriertem Blick. Seine Augen waren so rot, dass sie die Hitze darin spüren konnte

Nein, das war sein Atem. Würde er Feuer speien? Würde er sie verbrennen?

Bei der ersten Berührung seiner glühend heißen

Zunge zuckte sie zusammen. Er leckte an ihrer Scham, wollte sie zum Öffnen bringen. Sie gab sich ihm hin, wie eine Blume, die sich der Morgensonne entgegenstreckt, wohl wissend, dass die Strahlen sie verbrennen könnten, während sie sie gleichzeitig nährten.

Chryssies Blütenblätter öffneten sich weit. Corun fand die Knospe darin. Er legte seine Lippen um sie und saugte an ihr.

Sie musste ihre Schenkel zusammendrücken, um etwas von dem unglaublichen, herrlichen Druck abzulassen. Aber sein Griff war fest wie ein Schraubstock. Ihre Hände zerrten an den Fesseln, aber sie wollte sich nicht befreien. Sie wollte hier bei ihm bleiben. Sie brauchte nur einen Augenblick, eine Sekunde, nur ein kleines bisschen, um wieder zu Atem zu kommen. Aber Corun war unerbittlich.

Er leckte und neckte und saugte, bis sie unkontrolliert zitterte. Abgesehen von diesem Zittern konnte sie sich nicht rühren, und jede Empfindung, jede Bewegung heizte ihren Blutkreislauf noch weiter an.

Sie fühlte sich wie ein Luftballon, der sein Fassungsvermögen erreicht hatte. Sie würde jeden Moment explodieren.

Nicht irgendwann.

Jetzt.

Genau jetzt.

Chryssie stieß einen Schrei aus. Sie hatte keinerlei Selbstbeherrschung mehr. Sie konnte die Arme nicht bewegen. Ihre Beine hielt er mit eisernem Griff fest. Ihr Mund war der einzige Teil von ihr, der nicht festgehalten wurde.

Ihren Körper durchfuhr ein Erdbeben, das scheinbar ewig andauerte. Sie konnte ihre Gliedmaßen nicht beugen, also entluden sich die Empfindungen in jedem Winkel ihres Körpers und entfachten ein Feuerwerk der Sinneseindrücke.

Weiter und weiter ging es, eine Achterbahn der Orgasmen. Auf und ab, Höhenflug und Absturz. Die Höhenflüge wurden höher. Die Abstürze wurden härter. Bis ihr Körper es nicht mehr aushalten konnte. Der letzte Absturz war heftig. Das Vergnügen verwandelte sich in Schmerz, und sie schrie erneut auf.

„Corun, bitte", wimmerte sie.

Ein Knurren drang aus seiner Kehle, als er den Kopf hob. Rubinrote Augen starrten sie an. Seine Haut schimmerte, Schuppen hatten sich darauf gebildet. Dampf stieg aus seinen Nasenlöchern. Er war mehr Drache als Mann. Aber es war der Mann, der wieder voller Angst von ihr wegrannte.

KAPITEL DREIZEHN

Es gab kein Ziehen in seiner Haut. Kein Feuer, das in seine Lungen drang. Der Drache verlangte nicht nach seinem Körper. Trotzdem rannte Corun aus dem Zimmer.

Der Drache lag brav in seinem Inneren, auf dem Rücken und den Bauch nach oben streckend. Die Bestie war ruhig und gesättigt und genoss ihren Geschmack in ihrem Maul.

Es war Corun, der Mann, der außer Kontrolle geraten war.

Er musste von hier verschwinden. Er musste weg. Er musste fliegen.

Aber sein Drache hörte nicht zu. Er hatte nicht die Absicht, auch nur einen Flügel für ihn zu heben.

Corun rannte durch die Vordertür und zum Eingang des Bergwerks. Da sein Tier zu sehr damit beschäftigt war, sich die Lippen zu lecken, und ihm offenbar nicht helfen wollte, Dampf abzulassen, beschloss Corun, sich in der Mine abzurackern.

Er verrichtete die Arbeit auf altmodische Weise. Anstelle von Feuer und Klauen nahm er eine Axt in die Hand. Das Schwingen der schweren Klinge war genau das, was er brauchte, um sich zu beruhigen.

Staub bedeckte seine Zunge und übertünchte ihren Geschmack. Blut und Schweiß liefen über seine Hände und überdeckten ihren Geruch. Er schlug das Metall in den Felsen, bis es auf den harten Erdkern traf. Zaghaft schimmerte das Rot hindurch. Das war eine weitere Sache, die seine Bestie beruhigte: die Vergrößerung ihres Schatzes.

Die Bestie in ihm ruhte friedlich. Es war der Mann, der langsam wieder zur Vernunft kam. Es war der Mann, der vorhin die Kontrolle verloren hatte.

Die Bestie war fügsam gewesen, während Coruns Lippen auf ihrer Knospe gelegen hatten. Aufhören war das Letzte, was sie hatte tun wollen. Coruns Verstand hatte geschwankt, aber es war die Bestie, die den Mann niedergerungen hatte, als

Chrysanthemum vor Schmerz geschrien hatte. Als sie gebettelt hatte, hatte der Drache gehorcht. Ohne zu murren. Ohne sein Eingreifen.

Corun hätte sich freuen sollen. Sein Plan war aufgegangen. Er hatte die Bestie satt bekommen und den Menschen nicht getötet. Der köstliche Geschmack von Chrysanthemums Nektar würde seine Bestie besser unter Kontrolle halten als jeder Trank. Er hatte es geschafft. Warum fühlte er sich dann, als wäre er besiegt worden?

Er arbeitete im Bergwerk, bis seine Muskeln schmerzten, zu sehr, um sich zurück in ihr Zimmer zu schleppen und einen Nachschlag einzufordern. Seine Bestie schlief friedlich und schnarchte leise in seinem Bauch. Er brauchte sie heute Nacht nicht mehr zu sehen …

Er drückte sein Ohr an die Schlafzimmertür. Als er sie öffnete, sah er, dass auch sie friedlich schlief. Das gleiche, leise Schnarchen wie bei seiner Bestie kam von ihren perfekten Lippen. Er beobachtete, wie sich ihre Brüste hoben und senkten. Dort blieb er im Schatten des Türrahmens stehen.

Er ging nicht weg, bis die Sonne den neuen Tag ankündigte.

Corun schleppte sich aus der Türöffnung, in der

er die letzten Stunden gestanden hatte, bevor die Sonne sie wecken würde. Er war erschöpft, geistig und körperlich.

Als er den Korridor hinunterging, erklang im großen Saal ein Kristall. Das Zwei-Wege-Kommunikationssystem war die einzige Möglichkeit für die Bewohner des Reiches, sich über die großen Entfernungen des Schleiers hinweg zu verständigen. Corun nahm den Anruf entgegen.

Das Gesicht seines älteren Bruders erschien in dem Kristall. Obwohl Kimber das war, was Menschen als Zwilling bezeichneten, weil sie zusammen geboren worden waren, sahen sich die beiden Brüder überhaupt nicht ähnlich.

Coruns Augen konnten rot aufblitzen, diejenigen von Kimber weiß wie Diamanten, dem bevorzugten Edelstein seines Bruders. Dessen Kinn war spitz, während dasjenige von Corun kantig war. Kimbers Hautfarbe war ebenfalls dunkler, da er es vorzog, seine Tage näher an der Hitze im Kern des Berges zu verbringen, wo der Druck am höchsten war und er seine kostbaren Diamanten erreichen konnte.

„Ich wollte mich vergewissern, dass Cardis Geschenke von der Walküre angekommen sind. Sie war diesmal besonders schwierig, und ich möchte etwas haben, das sie beruhigt, wenn wir zurückkommen."

Das war das Letzte, womit sie es zu tun haben wollten: eine gereizte Cardi. Die junge Frau konnte jeden Drachen mit ihrem Schmollmund in die Knie zwingen. Sie hatte Kimbers Bestie um den Finger gewickelt. Es war der Mann, der gegen ihre List immun war. Aber nicht gegen ihr Temperament.

Wie bei jeder Opfergabe war Corun verpflichtet, Cardis Leben mit seinem eigenen zu schützen. Sie hatte länger gelebt als die meisten Opfergaben, da sie hergebracht worden war, bevor sie reif für die Begattung gewesen war. Sie hatte die Zeit genutzt, um sich jeden kindlichen Wunsch zu erfüllen.

„Sie hat sie neulich gebracht", erwiderte Corun. „Zusammen mit einem unerwarteten Extra."

„Gut, ich werde Morrigan zusätzliche Edelsteine schicken, wenn wir wieder da sind." Kimber sah ihn blinzelnd durch den Kristall an. „Du siehst furchtbar aus, Bruder."

„Ich habe jetzt eine Gefährtin."

„Eine Gefährtin?"

Corun nickte. „Das war das unerwartete Extra. Ich werde dir mehr erzählen, wenn du hier bist."

„Eine Walküre hat dir eine Gefährtin geliefert? War das eine Art Trick?"

„Nein, sie ist … Es ist etwas kompliziert. Ich werde es dir erklären, wenn du wieder zu Hause bist."

„Hast du sie beansprucht?"

„Nicht ganz." Corun wollte nicht ins Detail gehen, was er mit Chrysanthemum angestellt hatte. Weder im persönlichen Gespräch noch mittels Kristallen. „Als die anderen hinter ihr her waren, habe ich sie markiert. Den Rest erzähle ich dir, wenn du hier bist."

„Ist sie … geschlechtsreif?"

„Ich … Kimber, ich möchte darüber nicht per Kristall sprechen."

„Gut. Das hättest du gleich sagen sollen."

Corun ließ den Kopf hängen und seufzte. Kimber lehnte sich grinsend vom Kristall zurück. Die beiden Männer saßen einen Augenblick lang schweigend da, keiner von ihnen wollte die hässliche Wahrheit ihrer misslichen Lage ansprechen.

Kimber, der Älteste, hackte als Erster auf die felsige Oberfläche des Elends ein. „Du weißt, dass es unsere Pflicht ist, Bruder. Wenn wir keine neuen Samen pflanzen, wird unsere Rasse aussterben."

„Dann du zuerst", sagte Corun. „Pflanze deinen Samen in Cardi."

„Cardinal ist noch ein Kind."

„Sie ist erwachsen. Das ist sie schon seit einiger Zeit. Andere Männer haben das sicher schon bemerkt."

„Wer hat das bemerkt?" Kimbers Augen blitzten weiß auf. Rote Flammen entströmten seinen Lippen.

„Nur du weigerst dich, es zu sehen."

„Wir wissen beide, was es bedeuten würde, wenn ich mir erlaube, es zu bemerken." Kimber schluckte seine Flammen hinunter und sah weg. Seine weißen Augen verwandelten sich in Eiszapfen. „Das Mädchen nervt mich unendlich, aber ich wünsche ihr nicht den Tod. Vielleicht einen Maulkorb."

Trotz der ernsten Lage musste Corun daraufhin lachen.

„Wir können das Unvermeidliche nicht hinauszögern", sagte Kimber. „Letztlich ist unser aller Schicksal bereits besiegelt. Es gibt keinen anderen Weg."

Corun versuchte, die bittere Pille hinunterzuschlucken, aber sie blieb ihm im Hals stecken. Der Geschmack von Chrysanthemum lag ihm noch auf der Zunge.

„Kimmy!", ertönte eine hohe Stimme.

„Oh, hey, Cory."

Sowohl Kimber als auch Corun zuckten beim Klang von Cardis Stimme zusammen. Ein kleines, rotes Gesicht voller Wildheit und Temperament schob sich vor den Kristall. Cardi hatte ein herzförmiges Gesicht unter einer Mähne aus roten Locken. Sie hatte versucht, diese Locken mit einem Band um ihren Kopf zu bändigen. Und sie hatte die Angewohnheit, ihr Gesicht zu bemalen: goldener Glitzer auf ihren Augenlidern, Rot auf ihren Wangen und Lippen.

Cardi balancierte auf ihren Zehenspitzen, als sie vor Kimber trat und den Kopf an seine Brust lehnte. Kimbers braune Augen blitzten weiß auf, als sein Drache den Geruch der Haare seiner Gefährtin einatmete. Mit einem Blinzeln wurden Kimbers Augen wieder braun, und der Mann lehnte sich von der Frau weg.

„Hat Morri meine neuen BH- und Slip-Sets mitgebracht?"

Die Brüder erschraken bei der Erwähnung von Cardis intimen Kleidungsstücken. Sie mochte sich als junge Frau sehen, aber in ihren Augen würde sie immer ein Kind bleiben.

„Alles ist hier, Cardinal", erwiderte Corun.

„Weißt du, was ich vergessen habe, bei ihr zu bestellen?" Cardi schnippte mit den Fingern.

Sie hatten versucht, ihr zu erklären, dass die

Walküre keinen Lieferdienst zwischen dem Schleier und ihrer alten Welt betrieb. Vergeblich.

„Das neueste Wham!-Album."

Sowohl Corun als auch Kimber runzelten die Stirn. Manchmal ergaben die Worte der jungen Frau keinen Sinn.

„Kannst du Morri über das Kristalltelefon anrufen und es auf die nächste Bestellung setzen, Kimmy?"

„Cardi, sie ist eine Walküre. Sie wird damit beschäftigt sein, die menschlichen Beklagenswerten zusammenzutreiben."

„Und unterwegs kann sie nicht mal kurz bei Tower Records vorbeischauen …?"

Kimber kniff sich in den Nasenrücken und seufzte. Die Stelle zwischen seinen Augen wurde immer roter. „Gut."

Corun sah zu, wie sich sein Bruder, der Stärkste unter ihnen, der Laune seiner Gefährtin beugte. „Ich muss los."

Der Kristall wurde undurchsichtig. Corun sah nur noch die Widerspiegelung seines eigenen Gesichts. Nur wenigen Opfergaben war die Macht bewusst, die sie über die Drachen hatten. Das war der Deal. Wenn die Frau dem Drachen ihr Leben schenkte, würde dieser sein Leben dem Wenigen widmen, das ihr noch geblieben war.

Aber nicht seine Chrysanthemum. Er hatte sich einen Plan zurechtgelegt, und er würde sich daran halten.

KAPITEL VIERZEHN

Chryssie konnte sich nicht daran erinnern, eingeschlafen zu sein. Eigentlich konnte sie sich an kaum etwas erinnern, nachdem Corun ihre Welt ins Wanken gebracht hatte. Sie war überrascht, dass sie nicht aus den Fugen geraten war, als sie ihre Augen öffnete, um den neuen Tag zu begrüßen. Die Erde hatte so stark gebebt, dass sie sich sicher gewesen war, man hatte es auf der anderen Seite des Schleiers gespürt.

Sie streckte ihre Glieder und merkte, dass sie nicht mehr gefesselt waren. Aber etwas Schweres lag auf ihrer Brust. Sie legte die Hand darauf und spürte etwas Kaltes und Glattes.

Rubine.

Rubine im Wert von Tausenden von Dollars

lagen auf und neben ihr. Die Edelsteine schimmerten und glitzerten, wie Coruns Augen in der vergangenen Nacht. Der Anblick der Rubine kitzelte ein paar Erinnerungen wach, und sie erschauderte vor Vergnügen.

„Gefallen sie dir?"

Sie drehte sich zur Seite und sah, dass Corun sie beobachtete. Er saß im Schatten, wo ein Stuhl mit hoher Lehne in die Ecke geschoben worden war. Er saß darauf, als wäre er ein Thron. Einer seiner Fußknöchel lag über seinem Knie. Seine Hände umklammerten die Armlehnen des Stuhls.

„Sie sind wunderschön", erwiderte sie.

Er erhob sich langsam und blinzelte nervös. Sein Kiefer war angespannt. Er sah sie weiterhin an. Groß und stark war er, und seine Schritte waren gemessen, ohne Eile.

Chryssie stockte der Atem, als er auf sie zuging. Seine Augen waren dunkel, ohne einen Hauch von Rot. Es war Corun, der Mann, der sich ihr näherte. Doch er schien sich noch weniger unter Kontrolle zu haben, als wenn seine Bestie nahe der Oberfläche wäre.

„Wo ist dein Drache?", fragte sie.

Ein unergründlicher Ausdruck lag auf seinem Gesicht. „Ruhig gestellt."

„Aber du nicht? Nicht der Mann?“

„Doch, ich habe mich sehr gut im Griff.“

Er legte ihr ein mit Rubinen besetztes Armband ums Handgelenk. Seine Hände waren warm. Seine Nägel stachen in die Haut an ihren Gelenken, obwohl seine Krallen nicht ausgefahren waren. Aber der Abdruck ihres gestrigen Ringens mit den Stofffetzen ihrer zerrissenen Jeans waren noch sichtbar.

„Ist das eine weitere Fessel?“, fragte sie.

Ein Grinsen breitete sich auf seinem Gesicht aus. Mein Gott, dieser Mann war einfach umwerfend.

Chryssie schlang die Arme um seinen Hals. Das Laken rutschte herunter und entblößte ihre nackten Brüste. Ihre Brustwarzen zeigten genau auf den, den sie wollte. Corun verkrampfte sich und hielt ihre Hände fest, bevor sie ihre Finger hinter seinem Nacken verschränken konnte. Mister Fesselspielchen mochte es also nicht, in einer Schlinge gefangen zu sein.

„Komm zurück ins Bett“, drängte sie ihn.

„Nein.“

„Warum nicht?“ Sie zog die Decke bis zu ihrem Kinn hoch. „Habe ich etwas falsch gemacht?“

„Du hast alles perfekt gemacht.“ Er strich mit dem Daumen unter ihrem Kinn und neigte ihren Kopf nach oben.

„Aber du willst nichts mehr von mir? Es gibt ein ganzes Menü, das du noch nicht gekostet hast."

Er runzelte die Stirn, als ob er dieses Wort nicht verstanden hätte.

„Du hast es mit meinen Brüsten, meinen kleinen und großen Schamlippen und meiner Klitoris versucht. Aber ich hoffe, du findest auch meinen G-Punkt."

Noch mehr Stirnrunzeln.

„Ist dieses Wort hier unbekannt? Wir könnten ihm gemeinsam auf den Grund gehen." Chryssie ließ die Decke wieder fallen. Aber er fing sie auf.

„Es wird keine Penetration zwischen uns geben", sagte er. „Das ist Regel Nummer eins."

„Regeln? Warte mal, ich dachte, du brauchst mich, um schwanger zu werden. Wie sollen wir denn ein Drachenbaby bekommen, wenn du deinen Schwanz nicht in mich reinsteckst?"

Sein Daumen kniff ihr in die Unterlippe. „Pass auf, was du sagst."

Chryssie grinste und bleckte damit auch einmal ihre eigenen Zähne. „Oder spülst du es hinterher mit Seifenlauge aus?"

„Warum sollte ich so etwas Abscheuliches tun?"

„Die Abmachung war, dass ich mich bereit erkläre, deine Opfergabe zu sein, …"

„Du kannst nicht zustimmen, eine Opfergabe zu sein. Wenn du zustimmst, dann …"

„… und du schenkst mir ein Baby."

„Wenn ich das täte, würde ich dir dadurch das Leben nehmen."

„Es ist mein Leben. Zum ersten Mal kann ich damit machen, was ich will."

„Regel Nummer zwei", fuhr er fort. „Ich werde zu dir kommen, wenn die Bestie in mir ein Bedürfnis verspürt. Ich werde dir Vergnügen bereiten, wenn du sie dafür ruhigstellst. Das ist unsere Abmachung."

„Du nutzt mich also nur aus." Chryssie setzte sich aufrecht hin und schlang das Laken fest um ihren Körper. „Du bist genau wie alle anderen. Ich bin nur ein weiterer Gehaltsscheck."

„Ich weiß nicht, was ein Gehaltsscheck ist."

„Du bist genau wie alle meine Pflegeeltern. Ihr gebt mir zu essen, Kleidung, sorgt für ein Dach über meinem Kopf, aber ihr hört nicht auf das, was ich mir für mein Leben wünsche. Alles, was ich je wollte, waren diese drei Dinge: eine Familie, ein Baby und zu entscheiden, wie ich sterben möchte."

„Du wirst nicht sterben."

„Jeder stirbt. Nur wenige Menschen können sich aussuchen, wann und wie. Ich war mein ganzes Leben lang bereit zu sterben."

Corun strich ihr über das Gesicht. Sie sah das Rot, das aus seinen braunen Augen hervortrat. Seine Haut wurde zu weichen Schuppen, weicher als die von Rhoyl.

„Bitte“, flehte sie.

„Nein.“ Seine Stimme war brüchig, und seine Lippen zitterten ganz leicht. „Ich werde dich behalten.“

Warum ließ das ihr Herz nicht höherschlagen?

Sie hatte nur zu oft erlebt, dass nichts von Dauer war.

„Also gut“, sagte sie. „Kein Baby. Aber wenn du mich behalten willst, bestehe ich darauf, dass du meine J-Karte nimmst.“

„Ich habe dich letzte Nacht genommen.“

„Ich bin mir ziemlich sicher, dass mein Jungfernhäutchen noch intakt ist. Meine Vagina sagt also, dass ich noch Jungfrau bin.“

„Das mit dem Jungfernhäutchen ist ein Mythos. Ich habe vor, dich sexuell zu befriedigen, gründlich und oft. Aber ich werde nicht in dich eindringen. Es wird kein Reißen des Jungfernhäutchens geben. Keine Babys. Kein Tod. Du wirst leben.“

Und damit verließ er das Zimmer und schloss leise die Tür hinter sich.

Sollte sie sich darüber freuen? Dankbar sein?

Nein, das war sie nicht. Er hatte ihr gerade ihre Bestimmung genommen. Er hatte ihr genommen, zu ihren eigenen Bedingungen zu sterben. Wenn er dachte, sie würde ihn noch einmal das tun lassen, was er letzte Nacht mit ihr angestellt hatte …

Na gut, das würde sie.

Aber ihm blühte noch etwas anderes. Mit seinem großen Schwanz würde er das Siegel ihres angeblich mythischen Jungfernhäutchens aufbrechen.

KAPITEL FÜNFZEHN

Corun wandte sein Gesicht zum Himmel. Zum ersten Mal seit langer Zeit … Nein, zum ersten Mal *überhaupt* fühlte er sich wohl und hatte die Kontrolle über sich.

Seine Bestie räkelte sich noch immer in seinem Inneren. Die Leine lag lose neben ihr. Nirgendwo in seinem Körper war eine Anspannung. Und alles nur dank ihr. Jetzt verstand er, warum die Drachen früher um den Besitz von Opfergaben gekämpft hatten und dafür gestorben waren. Sein eigener Vater hatte für die letzten drei Opfergaben, die durch den Schleier gekommen waren, die Anführer anderer Drachenclans umgebracht.

Sein Glück hatte ihn verlassen, als Kimber ihn für die vierte Opfergabe herausgefordert hatte.

Sobald Cardi sicher unter seinen Fittichen gewesen und er das Oberhaupt der Familie geworden war, hatte Kimber die Praxis abgeschafft, bis zum Tod um eine Partnerin zu kämpfen.

Ein Brüllen zerriss die Luft und ließ Corun aufhorchen. Felsen zerbröckelten und fielen krachend zu Boden. Zwar hatte sich sein Blut dank seines geglückten Plans mit seiner Gefährtin beruhigt, aber dasjenige seiner Brüder kochte weiterhin. Beryl und Ilia waren wieder am Ringen.

„Ich bin dran!“, rief Ilia.

„Bist du nicht!“, entgegnete Beryl, aber sein selbstgefälliges Grinsen sagte etwas anderes.

Beryls Lieblingsbeschäftigung – abgesehen von Videospielen – war es, seinen zwergartigen Bruder zu necken. Ilia hatte das verzweifelte Bedürfnis, sich immer zu beweisen, da er so klein geboren worden war. Ihr Vater hatte ihn draußen den Kräften der Natur überlassen, als er Ilias geringe Größe gesehen hatte. Entgegen den Anweisungen ihres Vaters hatten Kimber und Corun sich um ihren kleinen Bruder gekümmert, bis er auf eigenen Beinen hatte stehen können.

„Gib ihn mir!“, forderte Ilia.

„Komm und hol ihn dir!“, schrie Beryl und warf den Magic 8-Ball von einer Hand in die andere.

Ilia stürzte sich auf seinen Bruder. Obwohl Ilia als Mensch kleiner war, war sein Drache so riesig wie alle anderen. Wahrscheinlich sogar noch größer. Wahrscheinlich, weil der Mann so hart ums Überleben hatte kämpfen müssen. Seine Bestie verteidigte ihn bis aufs Blut und brach bei der geringsten Provokation aus.

Beryl fing den Drachen mit seinen muskulösen Armen auf. Blut sickerte aus seinem Bizeps, als Ilias Krallen sich hineinbohrten. Mit einem hämischen Brüllen verwandelte auch er sich. Die schwarze Kugel fiel zu Boden und war vergessen.

Rhoyl schaute teilnahmslos zur Seite. Er stocherte zwischen den Knochen des Kadavers herum, den er in der vergangenen Nacht erlegt hatte. Sie hatten den Mann in ihm mit seinen Lieblingsspeisen in Versuchung geführt, aber der Drache hatte stets die Nase gerümpft und sich auf die Jagd nach frischem Fleisch gemacht.

Corun entdeckte Chrysanthemum, die von einem erhöhten Fenster aus auf die beiden herabblickte. Ihre Augen waren groß vor Entsetzen, als die beiden Drachen aufeinander prallten. Corun wollte nicht, dass sie sie so sah. Außer Kontrolle geratene, blutrünstige, gefährliche Bestien.

Vielleicht wollte er aber auch, dass sie diese Seite

von ihm sah. Sie hatte die Angst in ihren Augen verloren, nachdem er sie befriedigt hatte. Sie sollte erfahren, dass dies die Alternative war, die Folge ihres Begehrens.

Beryl schmetterte Ilia gegen die Schlossmauer, direkt unterhalb von Chrysanthemums Fenster. Er schlang die Arme um Ilias Schnauze und rieb die Rückseiten seiner Krallen an dessen Kopf. So gab er seinem kleinen Bruder einen Kuss.

Ilia knurrte entrüstet und riss Beryl die Haut auf.

Chrysanthemums Hand fuhr zu ihrem Bauch. Es war eine unbewusste Bewegung. Wahrscheinlich ein Reflex, um sich zu schützen. Aber sie löste etwas in Corun aus.

Die Vorstellung, dass sie mit seinem Nachwuchs schwanger sein könnte, weckte seinen Drachen. Das Tier drehte sich auf den Rücken und brüllte vor unbändigem Verlangen. Als alle Luft weg war, begann der Drache zu hecheln. Er wollte zu ihr zurückkehren, einen Samen in sie pflanzen und ihn wachsen sehen.

Corun spürte, wie sich die Leine straffte. Aber diesmal zerrte sie nicht an dem Drachen, sondern an dem Mann, und er fühlte sich machtlos dagegen.

Er wollte ihr alles geben. Sie wünschte sich ein

Baby. Aber das war das Einzige, was er ihr nicht geben konnte.

Corun kannte Pflegefamilien aus den Filmen über *Anne auf Green Gables,* die Cardi sie immer sehen ließ. Darin lebten Waisenmädchen alle in einem Zimmer und hatten niemanden, der sie liebte und für sie sorgte. Dann wurde ein Mädchen, Anne mit einem E und roten Haaren, von einem älteren Ehepaar adoptiert.

Corun hatte Chrysanthemum in gewisser Weise adoptiert. Er würde ihr ein Kleid mit Puffärmeln schenken, wenn sie sich dann besser fühlte. Ein Baby würde er ihr nicht schenken. Wenn er das täte, würden ihre Kinder ohne Mutter aufwachsen. Sie würden es ihm übel nehmen, dass er die Frau, die ihnen das Leben geschenkt hatte, nicht beschützt hatte. Schlimmer noch, sie würden mit den ständigen Selbstvorwürfen leben müssen, dass sie den Tod ihrer Mutter verursacht hatten.

Es war also entschieden. Ein Kleid mit Puffärmeln wäre besser. Neue Kleider beruhigten Cardi immer. Sicherlich würde diese Taktik bei Chrysanthemum ebenfalls funktionieren. Immerhin war sie eine menschliche Frau. Er würde bei Morrigan bestellen, was immer Chrysanthemum wollte, egal, was es an Edelsteinen kostete.

Beryl und Ilia beruhigten sich. Sie hatten sich für heute gegenseitig genug Blut abgezapft. Beryl verwandelte sich zurück in seine menschliche Gestalt. Blut bedeckte seine Haut. Ilia weigerte sich, sich zu verwandeln. Stattdessen hob er seinen geschundenen Drachenkörper in die Luft und flog davon.

Als Corun wieder zu ihrem Fenster hinaufschaute, war Chrysanthemum verschwunden.

Coruns Bestie wollte, dass er zu ihr ging. Sie musste bestürzt sein über das, was sie gesehen hatte. Aber das war auch gut so. Sie hatte die Wahrheit über ihre Situation erkennen müssen. Er würde sie später trösten können. Seine mutterlosen Brüder hatten echte Schmerzen.

„Kleiner Bastard", knurrte Beryl.

Die Wunde auf seiner Brust klaffte weit auf. Es würde mehr als einen Tag dauern, sie zu schließen. Da er wusste, dass sein Bodybuilding-Bruder sich nicht ausruhen, sondern später wieder an die Hantelbank gehen würde, musste Corun die Sache selbst in die Hand nehmen.

„Komm mit mir zum Portal", sagte er. „Es wird dich schneller heilen."

Beryl grunzte, widersprach aber nicht. Sie gingen bis zu dem Riss im Schleier. Einst waren durch dieses Tor zwischen den Welten menschliche Opfergaben herübergebracht worden. Corun wusste, dass die Bergbauaktivitäten der Drachen in den Bergen und Tälern jenseits des Schleiers Edelsteine freilegten. Morrigan hatte erwähnt, dass dieses Portal hier zu einem Ort in der Menschenwelt namens Kalifornien führte.

Darin bündelte sich die Energie. Den Drachen war es bei Todesstrafe verboten, das Portal zu durchqueren. Die Strafe würde von den Walküren vollstreckt werden, die sie auf der anderen Seite jagen und töten würden.

So dumm waren sie nicht, die Grenze zu überschreiten. Sie blieben kurz vor der verbotenen Linie stehen. Durch das Portal sickerte genug Energie, um Beryls Heilung zu beschleunigen.

„Worum ging es vorhin?“, fragte Corun.

„Ich habe der schwarzen Kugel eine Frage gestellt, und Ilia hat die Antwort nicht gefallen.“

Corun brauchte nichts weiter zu hören. Die Gründe für die Kämpfe wurden immer absurder. Alles konnte seine Brüder verärgern. Sie brauchten einen Fokus in ihrem Leben, wie zum Beispiel eine Gefährtin. Leider war keine in Sicht.

Beryl schloss die Augen und legte seinen nackten Körper auf das Gras, näher an dem Portal, als es

Corun recht war. Die Sonne schien auf sie beide herab, während heilende Energiewellen über sie hinweg strömten.

Der Schleier schimmerte. Der fahle Dunst wechselte von blau zu goldfarben. Beryl wich zurück, als drei Walküren heraustraten und vier männliche Menschen anschleppten.

Die Frauen trugen blassblaue Brustpanzer mit goldenen Schulterklappen. Hilda fielen dunkle Zöpfe über den Rücken. Sie starrte stets mit einem finsteren Blick auf die Welt. Siggy, die goldhaarige Walküre, leckte sich über die Unterlippe, als sie die beiden Wandler entdeckte. Morrigan bildete das Schlusslicht.

„Drachen!“, rief Hilda, und ihr finsterer Blick verdüsterte sich noch mehr. „Ihr habt doch nicht etwa versucht, auf die andere Seite zu gelangen, oder?“

„Ich heile nur eine Wunde.“ Corun hob die Hände in einer unterwürfigen Geste. „Das verstößt gegen keine Regeln.“

„Oh.“ Hilda verhüllte ihre Enttäuschung kaum.

Morrigan sah verärgert aus. Siggy schaute anerkennend auf Beryls entblößtes Gemächt herab.

Walküren gierten nach Blut. Außerdem waren sie sexuell frustriert, wie die meisten Drachen.

Allerdings würden sie sich nie dazu herablassen, mit einem Gestaltwandler zu schlafen. Sie waren von ihrer Mutter unbefleckt empfangen worden, und bei den meisten war das mythische Jungfernhäutchen noch intakt.

Außer einer, von der Corun gehört hatte. Sie war der Grund, warum das Portal jenseits des Schleiers für Opfergaben verschlossen war.

„Sie versuchen, sich gegenseitig zu töten", bemerkte Hilda. „Mutter sagte immer, Drachen hätten nicht genug Kontrolle, um in die andere Welt zu gelangen. Ehrlich gesagt, Männer auch nicht. Wir mussten dieses Wochenende schon ein Dutzend einsammeln."

„Die Wahlsaison kollidierte mit den neuen Serien-Starts im Herbst", sagte Siggy. „Morri brauchte Hilfe, als die Aktivitäten auf den Casting-Sofas zu dunklen Geschäften unter dem Tisch wurden."

„Ich brauchte keine Hilfe", brummte Morrigan und schob den Sack mit dem Mann auf ihrem Rücken auf die andere Seite. „Ich hätte das schon geschafft."

Es kam selten vor, dass mehr als eine Walküre das Portal durchquerte. Corun hatte fast nur Morrigan durch dieses Portal kommen und gehen sehen. Aber er hatte von Hilda gehört. Das hatte jeder. Sie war diejenige, die angeordnet hatte, die Portale für Opfergaben zu schließen.

„Du hast nicht zufällig eine Frau da drin, oder?“, fragte Beryl.

Morrigan hob den Kopf und warf ihm einen warnenden Blick zu. „Wir haben euch *Cardi* gebracht. Werdet nicht gierig. Das steht euch nicht besonders.“

Da sie Cardis Namen betont und Coruns aktuelle Lieferung nicht erwähnt hatte, wollte Morrigan offenbar nicht, dass ihre Schwestern von ihrem vergangenen Deal mit Corun erfuhren. Leider hatte Beryl den Wink mit dem Zaunpfahl nicht verstanden.

„Nennt mir euren Preis“, sagte er. „Ich zahle euch euer Gewicht in Juwelen.“

Das war eine stolze Summe. Walküren waren keine schmächtigen Weiber. Siggy und Morrigan hoben beide eine Augenbraue bei diesem Angebot.

„Menschen verkaufen?“, spottete Hilda und zog ihr Schwert. „Wir kastrieren die Männer, die das tun. So etwas auch nur anzudeuten …“

„Genau“, sagte Morrigan. „Widerlich, dass du so etwas überhaupt vorschlägst.“ Sie betonte ihre letzten Worte mit einem vielsagenden Blick, der Beryl aufforderte, die Klappe zu halten.

„Es reicht schon, dass einer von euch eine meiner Schwestern geschändet hat“, spottete Hilda.

„Na ja, es war ihre Entscheidung“, sagte Siggy. „Sie könnte sein Pimmelchen mit ihrem kleinen Finger abschneiden, wenn sie nicht mehr besprungen werden will. Aber vermutlich packt sie es lieber mit der ganzen Hand und …“

„Siggy.“ Hilda machte Würgegeräusche. „Wie kommst du nur auf so etwas?“

Siggy zuckte mit den Schultern. Ihre Augen landeten wieder ungeniert auf Beryls entblößtem Geschlecht.

Beryl schenkte ihren Blicken keine Beachtung. Walküren waren unfruchtbar. Wahrscheinlich hatten sie deshalb kein Interesse an Sex.

Nun, zumindest die meisten.

„Kein Wunder, dass eure Opfergaben gefesselt werden mussten, als sie euch gebracht wurden“, sagte Hilda. „Ich würde auch durch den Schleier zurückkehren und abhauen, wenn ich ein schwaches Menschenweibchen wäre.“

Auch?

„Kommt, Schwestern“, sagte Hilda. „Wir müssen diese Schwachköpfe nach Walhalla bringen, bevor es dunkel wird. Ich will ihren männlichen Gestank von mir abwaschen."

Nach einem letzten intensiven Blick auf Beryl steckte Hilda ihr Schwert in die Scheide. Sie pfiff nach den Reittieren. Drei braune Drachen stürzten herbei. Die ersten beiden Schwestern gingen auf sie zu. Doch Morrigan trat näher an Corun und Beryl heran.

„Was hat sie mit *auch* gemeint?", fragte Corun. „Keine menschliche Frau ist jemals durch den Schleier zurückgekehrt."

Morrigan ignorierte Corun und konzentrierte sich auf Beryl.

„Hey, B-Boy", flüsterte sie. „Besorg' mir etwas Großes und Glitzerndes, und ich schaue mal, ob ich beim nächsten Mal noch eine finde."

„Das willst du tun?", fragte Beryl.

„Noch eine was?", fragte Corun.

Morrigan setzte ein süßliches Lächeln auf. Die gleiche Art von Lächeln, die Beryl Ilia immer zuwarf, wenn der ältere Drilling etwas wusste, von dem der Jüngere keine Ahnung hatte.

„Natürlich eine weitere Opfergabe", antwortete sie.

„Die Erde ist voll mit Frauen", sagte Beryl.

„Nimm einfach die Erstbeste, die du siehst. Ich bin nicht wählerisch."

„Ich aber schon", zischte Morrigan. Sie blickte zu ihren Schwestern hinüber und dann wieder zu den beiden Brüdern. „Mach dir keine Sorgen, mein Großer. Ich glaube, ich kenne deinen Typ. Ich werde die richtige Frau für dich finden."

Die richtige Frau? Corun wollte ihre Wortwahl in Frage stellen, aber Hilda pfiff nach Morrigan, und schon war sie auf und davon.

KAPITEL SECHZEHN

Es war eine Ironie des Schicksals. Chryssie, die ihr ganzes Leben lang in Krankenhäusern ein- und ausgegangen war, die gestochen und aufgeschnitten worden war und die fast ausgeblutet wäre, als sie ihren Körper darauf vorbereitet hatte, das Leben ihrer Schwester zu retten, hasste den Anblick von Blut. In dem Augenblick, als die Drachen Blut vergossen hatten, war sie vom Fenster zurückgewichen. Es erinnerte sie an ihr Versagen, dass sie ihre Schwester nicht hatte retten könnte. Weil sie die gleiche den Atem raubende, körperlich betäubende, seelisch ermüdende Krankheit gehabt hatten.

Kinder sollten nicht mit einem Job geboren

werden. Chryssie hatte bereits vor der Empfängnis einen gehabt. Und sie hatte versagt.

Während sie durch die warmen Korridore ging, atmete sie tief ein und wunderte sich immer noch, dass sie das tun konnte. Wenn doch nur ihre Schwester hierher gekommen wäre. Chryssie war nicht nur geheilt, sondern auch an einen sexy Drachen gebunden, der ihre Zehen zum Kribbeln brachte, ihr Blut in Wallung und ihren Atem zum Stocken.

Und das Beste war: Wenn sie schwanger werden würde, würde ihr Baby ihre Krankheit nicht erben. Es würde stark sein. Es würde ein Drache sein.

Aber ein Drachenkind könnte ganz schön wild und draufgängerisch sein, wenn sie da so an Beryl und Ilia dachte. Sie könnten ein Elternteil mit Feuer versengen, wenn ihm etwas nicht passte. Vielleicht wäre es doch besser, wenn sie kein Kind mit Corun bekäme.

Oh, aber sie wollte unbedingt ein Kind haben. Sie wollte es zumindest versuchen. Und zwar sehr. Sie wollte mehr als nur Coruns Mund auf ihrer Haut. Sie wollte alles von ihm auf ihr, in ihr, neben ihr, bis sie ihren letzten Atemzug tat.

Chryssie schlang die Arme um ihren Oberkörper. Als sich ihre Schultern zusammenzogen, spürte sie die Edelsteinkette an ihrem Hals. Die Rubine, die Corun ihr geschenkt hatte, fühlten sich warm an auf ihrer Haut.

Ihre Finger glitten über das Bustier-Top aus Lycra mit kegelförmigen Ausstülpungen an den Brüsten. Ihre Finger glitten hinunter, bis sie den schwarzen Tüllrock berührten, an den Spitzenleggings angenäht waren. Alles, was ihr noch fehlte, war ein Boy-Toy-Gürtel, um das *Like a Virgin*-Outfit zu komplettieren. Sie hatte die Stiefel zurückgelassen und war barfuß aus dem Zimmer gelaufen. *Material Girl* plus die knallharte Heldin wären zu viel des Guten gewesen.

Dieses Ensemble war das Beste, was sie hatte zusammenstellen können. Als sie die Schranktüren im Schlafzimmer aufgemacht hatte, hatte sie Mäntel, Hosen und Hemden gesehen, die eindeutig Corun gehörten. Keines der Kleidungsstücke hatte ihr gepasst. Daneben hatten fein säuberlich geordnete Stapel von Spitzenstrumpfhosen, ausgeschnittenen Kleidern und Röcken gelegen. Sie wusste, dass einige Teile Europas oft den Anschluss an die jeweils aktuelle Popkultur in den USA verloren. Schließlich war David Hasselhoff in Bulgarien in den Rang eines Elvis Presley erhoben worden. Vielleicht war diese Seite des Schleiers dem Rest der Welt ein paar Jahrzehnte hinterher?

Als ob der Secondhand-Laden-Chic von 1985 nicht schon genug wäre, dröhnten jetzt auch noch die Sounds der 80er durch die Gänge. Als sie den Flur hinunterging, meinte sie, ein vertrautes Lied zu hören. Die Melodie weckte Erinnerungen an faule Samstagvormittage, Highschool-Ängste und neonfarbene Shirts. Chryssie folgte der Musik bis zu einer angelehnten Tür und steckte den Kopf hindurch, gerade als Zack Morris aus der Serie *Saved by the Bell* in die Bayside Highschool trudelte.

Eine Frau saß auf dem Bett, den Rücken mit Kissen abgestützt. Sie war bereits ein wenig älter. Ein paar graue Haare durchzogen ihre langen, rotbraunen Locken. Sie trug ein viktorianisches, hochgeschlossenes Nachthemd mit Rüschen und starrte auf den Fernseher, während Screech hinter Lisa Turtle her hechelte. Der Blick der bettlägerigen Frau war leer, während sie die unglückliche Liebesgeschichte auf dem Bildschirm verfolgte.

Neben ihr saß Elek. Der stille Drachenwandler sah mit dem gleichen leeren Blick fern. Auf dem Bildschirm erschien AC Slater, der Bösewicht von Bayside, in einem schwarzen Muskelshirt. Im

Gegensatz zu der Frau drehte sich Elek um, als Chryssie den Raum betrat.

„Bitte entschuldige", sagte sie und trat ein paar Schritte zurück. Es war ein bizarrer Anblick: In dieser Art Zeitkapsel sahen sich eine Frau und ein Drache eine TV-Serie aus den 80er Jahren an, die einst Teenager am Samstagmorgen an den Fernseher gefesselt hatte.

Elek rutschte auf dem Bett zur Seite. Machte er Platz für sie? Chryssies Füße bewegten sich vorwärts, und sie beschloss, sich zu ihm zu setzen.

Sie mochte Eleks Ruhe. Er hatte ihr an ihrem ersten Tag in dieser Welt den Weg nach draußen gezeigt. Er hatte mit niemandem gerungen und auch nicht im Spielzimmer gezockt. Sie wollte weg von der Gewalt. Sie wollte sich nicht einmal mit Corun über ihr Sexleben streiten. Sie wollte einfach nur ihre Ruhe haben und in die Röhre glotzen.

Das war ihre einzige schöne Erinnerung an ihre Kindheit. Eine ihrer Pflegefamilien, die Direnzos, hatte gerne alte Folgen von *Der Prinz von Bel Air* angesehen, in der ein Junge aus ärmlichen Verhältnissen in ein Haus der Oberschicht kommt.

Wie waren die Drachen zu *Saved by the Bell* gekommen? Da erinnerte sie sich an ihre Entführerin, die Walküre. Vielleicht könnte sie sie fragen, ob sie ihr die aktuellen Folgen ihrer Lieblingsserie beschaffen könnte. Oder sie bitten, am besten gleich Netflix hier zu installieren.

„Slater“, sagte Jessie auf dem Bildschirm.

Die beiden Charaktere standen sich nahe. Chryssie hatte vergessen, dass sie eine Beziehung hatten. Im Mittelpunkt der Serie standen allerdings Zack Morris und Kelly Kapowski.

„Da wir zusammen sind“, fuhr Jessie fort, „sollten wir uns die Hausarbeit teilen.“

„Klar“, stimmte der junge Mario Lopez in seiner Rolle als AC Slater zu. „Du kochst, und ich esse.“

Chryssie kicherte, als die Möchtegern-Feministin ihren Latino-Lover entsetzt anstarrte. Elek grinste schief, kratzte sich am Kinn und neigte den Kopf zur Seite, als ob er den Witz nicht verstanden hätte.

Chryssie betrachtete ihn, dann die Frau. Da erkannte sie die Ähnlichkeit. „Ist das deine Mutter?“

Eleks Grinsen erstarb. „Sie war eine Opfergabe. Sie hat sich nicht um mich kümmern können, denn sie hat meine Geburt gerade so überlebt.“

Chryssie sah die Frau an. Sie verstand nicht ganz, was Elek meinte, aber sie konnte es sich denken. Corun hatte ihr erzählt, dass Drachengeburten Frauen töteten. Oder Schlimmeres. Dieser komatöse Zustand musste das Schlimmere sein.

„Ihr Name ist Miyaoaxochitl", sagte Elek. „Du kannst sie Miya nennen."

„Es tut mir leid." Chryssie war sich nicht sicher, zu wem sie das sagte, zu Elek oder zu seiner Mutter.

„Du hast nichts getan", erwiderte er. „Ich bin derjenige, der sich aus ihr heraus gekämpft hat. Nur ich. Mein Bruder ist in ihrem Bauch gestorben."

Chryssie schluckte, aber vom Geschmack der Galle in ihrer Kehle zog sich ihr Magen zusammen. Sie war geboren worden, um ein Leben zu retten, und hatte versagt. Die Opfergabe eines Drachens würde sterben, um Leben zu schenken. Die Schuldgefühle, dass sie ihre Schwester nicht hatte retten können, hatten sie erdrückt. Wie konnte ein Kind auch nur seinen kleinen Kopf heben, wenn es wusste, dass sein Leben das seiner Mutter gekostet hatte?

„Ich habe dir gesagt, du sollst weglaufen", sagte Elek. „Jetzt hast du keine Wahl mehr. Opfergaben haben keine Wahl."

Chryssie biss sich auf die Lippe, während sie die Frau neben sich genauer betrachtete. Der leere Blick in Miyas Augen war eine Art von Tod. Sie schien sich wohlzufühlen und keine Schmerzen zu haben.

Keiner kontrollierte ihr Leben. Miya hatte sogar einen Sohn, der sich um sie kümmerte.

Elek strich ihr eine verirrte Strähne aus der Stirn und hielt ihr eine Tasse Tee an den Mund. Miya nippte, ohne zu blinzeln, und ihre Augen blieben auf den Fernseher gerichtet.

Die Leute, die dafür bezahlt worden waren, sich um Chryssie zu kümmern – Ärzte, Pflegeeltern, der Staat –, hatten sich nie so sehr um sie gesorgt. Das war immer noch besser als der Tod.

„Ich habe meine Wahl getroffen", sagte sie. „Wir werden alle eines Tages sterben. Es macht mir nichts aus, zu gehen und jemandem das Leben zu schenken. Vor allem, wenn ich weiß, dass meine Kinder stark und fürsorglich sein werden wie du und deine Brüder."

Elek kaute auf seiner Unterlippe und starrte sie an. Er hielt die Finger seiner Mutter in seiner Handfläche und streichelte sie sanft, aber geistesabwesend.

„Allerdings ist das ein schwieriges Thema", fuhr sie fort. „Corun hat mir gesagt, dass er kein Kind mit mir haben will."

Elek lachte, aber es klang freudlos. „Das ist nicht seine Entscheidung. Sein Drache wird nicht widerstehen können. Dazu sind die Männchen geboren – um sich fortzupflanzen."

„Wenn du eine Opfergabe hast, wirst du dich dann fortpflanzen?"

„Ich habe bereits zwei Leben genommen. Was brauche ich da noch eine Opfergabe?"

Elek ließ sich in das Kissen hinter Miyas Kopf plumpsen und fuhr fort, sich die Serie anzuschauen.

KAPITEL SIEBZEHN

„Sie hat gesagt, dass sie uns Opfergaben bringen wird?“, fragte Ilia.

„Ja“, bestätigte Corun.

„Echte?“

„Weibliche“, sagte Elek. „Mit allem Drum und Dran. Und reif. Zumindest körperlich.“

Der vorherige Streit zwischen Ilia und Beryl war angesichts von Morrigans Angebot vergessen. Die beiden Männer hüpften freudig herum, wie Cardi es jedes Mal vor dem Tag tat, den sie Weihnachten nannte und der alle zwei Monate stattfand.

Corun konnte die Fragen seiner Brüder gut nachvollziehen. Zu Zeiten ihres Vaters hatte man Frauen oft zu jung geopfert. Manchmal waren

Jungen anstelle von Mädchen geliefert worden, und das ein oder andere Mal sogar Leichen.

Es war lange Tradition gewesen, dass die Menschen in den Bergen und Höhlen, die ihre Welt mit dem Schleier verbanden, Mädchen und junge Frauen im Tausch gegen Edelsteine opferten. Einst hatten die Drachen sich die Opfergaben aussuchen können. Aber irgendwann hatten die Männer begonnen, ihre Frauen zu beneiden. Cardi nannte es die Befreiung der Frau. Was auch immer geschehen war, der Strom an Opfergaben hatte bereits zu versiegen begonnen, als die Walküren die Portale geschlossen hatten.

„Ich habe ihr keine so genauen Anweisungen gegeben“, erwiderte Corun. „Aber sie weiß, dass uns das wichtig ist.“

Ilia seufzte. „Du musst es ihr genauer beschreiben. Du hast gesehen, was mit Kimber passiert ist. Cardi war die letzte zugelassene Opfergabe unserer Generation, und er kann nichts mit ihr anfangen.“

Noch nicht. Cardi näherte sich der Reife, wenn auch nicht im Geiste. Corun war sich sicher, dass sie vom Kopf her immer ein Teenager bleiben würde.

Aber nicht seine Chrysanthemum. Seine Gefährtin war eine erwachsene Frau. Er könnte ihren Körper jetzt haben. Allein der Gedanke an das, was zwischen ihren Schenkeln ruhte, ließ seine Lenden kribbeln.

„Wann wird sie die Erste liefern?", fragte Ilia.

„Das hat sie nicht gesagt", erwiderte Corun.

„Die Erste wird mir gehören", knurrte Beryl.

„Warum? Wegen des Erstgeburtsrechts? Wenn jemand der Erste sein sollte, dann Rhoyl", widersprach Ilia. „Vielleicht könnte eine Frau ihn zurückbringen?"

Sie drehten sich rechtzeitig zum Fenster, um zu sehen, wie Rhoyls Drache sich von der Fensterbank abstieß. Wie es schien, würde er den Mann auf keinen Fall freilassen.

„Mit einer Opfergabe kann er nichts mehr anfangen", sagte Beryl. „Also wird die Nächste aufgrund des Erstgeburtsrechts mir gehören."

„Du wirst mit mir um sie kämpfen müssen", forderte Ilia seinen Bruder heraus.

„Ich werde jetzt mit dir kämpfen." Beryl blähte die Brust auf.

„Ihr zwei!", brüllte Corun. „Klärt das draußen. Ich werde nicht zulassen, dass ihr heute noch mehr Möbel kaputtmacht."

Die beiden jüngeren Männer sahen sich an und stürzten dann zum Fenster. Sie breiteten ihre Flügel aus, um einem Aufprall auf dem Boden zu entgehen.

Dann hörte man, wie sich scharfe Zähne in Schuppen festbissen, aber Corun kümmerte das nicht mehr. Er musste mit seiner eigenen Gefährtin fertig werden. Er stieg die Treppe zu ihrem Zimmer hinauf.

Chrysanthemum saß auf einem Stuhl vor dem Fenster, die Füße an sich gezogen. Sie hatte den Kopf gesenkt und die Brauen konzentriert zusammengezogen. Die Edelsteine um ihren Hals fingen das Licht der untergehenden Sonne ein und blendeten Corun. In den Händen hielt sie den Zauberwürfel.

Ihre Finger arbeiteten schnell, sie drehte und wendete den Gegenstand in ihrer Handfläche hin und her. Corun sah gebannt zu, wie sie eine Seite löste. Aber er wusste, wie das in der Regel endete. Kaum waren alle roten Blöcke an ihrem Platz und sie wechselte zu der nächsten Seite, wurde das Rot wieder zu Chaos.

Chrysanthemum ließ sich nicht entmutigen. Mit ein paar Bewegungen ihres Handgelenks war die blaue Seite gelöst und die Rote wieder in Ordnung. So ging es immer weiter, rundherum, und sie brachte die Seite, die sie gelöst hatte, wieder in Unordnung, während sie die Nächste löste. Sobald die neue Seite fertig war, kehrten die Vorherigen wieder in die Ordnung zurück, bis der Würfel neun Seiten mit jeweils einheitlichen Farben hatte.

„Wie hast du das gemacht?", fragte er.

Chrysanthemum sah auf, als er sich ihr näherte. Ihre Augen musterten ihn, dann schaute sie wieder zu dem Würfel in ihrer Hand. „Es ist eigentlich ganz einfach. Nur eine Frage der Algorithmen."

„Algorithmen?"

„Muster und Sequenzen. Das hat mir ein Junge beigebracht, mit dem ich in einer Pflegefamilie war. Er sagte, der Trick sei, dass es einfacher ist, Chaos als Ordnung zu schaffen."

Bevor Corun sie aufhalten konnte, brachte Chrysanthemum den Würfel wieder in einen Zustand der Unordnung. Mit nur wenigen Handgriffen waren die Blöcke erneut im Chaos versunken. Die Ordnung war verloren.

„Man erschafft zunächst mehr Chaos, bevor man Ordnung erhält", sagte sie. „Also muss man sich seine Schlachten aussuchen."

Corun nahm ihr den Würfel aus der Hand und legte ihn beiseite. Er hob sie vom Stuhl, nahm Platz und setzte sie dann auf seinen Schoß. Als er die Arme um sie schlang, protestierte sie nicht.

Am Himmel schnappten Beryl und Ilia nacheinander. Rhoyl verfolgte sie, blieb aber außen vor. Es war ein Kampf, bei dem ihn der Siegespreis nicht interessierte.

„Streiten sie wieder?“, fragte sie.

„Drachen kämpfen gerne um des Kämpfens willen. Aber du wirst dich nicht daran gewöhnen müssen. Weitere Opfergaben werden kommen. Bald, hoffentlich. Dann wirst du jemanden haben, mit dem du reden kannst.“

Sie drehte den Kopf zu ihm. „Wollt ihr noch mehr Frauen entführen?“

„So funktioniert unsere Welt“, erwiderte er seufzend. „Und du hast Cardi noch nicht kennengelernt. Sie ist recht jung, aber sie ist weiblich und ein Mensch.“

Chrysanthemum schmiegte ihr Gesicht an seinen Hals. Corun wiegte sie wie einen Schatz, denn das war sie für ihn. Er wünschte sich, dass auch seine Brüder eines Tages diesen Frieden würden erfahren können.

„Bist du gekommen, um deine Bestie ruhig zu stellen?“, fragte sie.

„Nein, ich bin gekommen, um meiner Gefährtin Vergnügen zu bereiten.“

„Ich weiß, warum du das tust.“ Sie hob den Kopf. Etwas huschte über ihre Züge. Eine Mischung aus Kummer und Dankbarkeit. „Ich danke dir.“

Corun runzelte die Stirn und betrachtete sie eindringlich. Sie war fügsam, ruhig. Ihre roten Haare bildeten einen Kranz um ihr Gesicht. Ihr Blick war entspannt.

„Ich habe Eleks Mutter gesehen", sagte sie.

Corun knirschte mit den Zähnen und zog sie näher zu sich. Er drückte seine Nase in den Bereich hinter ihrem Ohr und atmete ihren Duft ein. Er hatte nicht gewollt, dass sie das sah, obwohl er wusste, dass sie es irgendwann gesehen hätte.

Corun besuchte Miya von Zeit zu Zeit. Sein Drache war dazu gezwungen, da sie eine Opfergabe war. Aber es brach dem Mann jedes Mal das Herz.

„Ich verstehe, dass du mich vor so etwas bewahren willst", fuhr Chrysanthemum fort. „In meinem Leben wurde so viel an mir herumexperimentiert, als wäre ich ein lebender Würfel. Die Ärzte haben mich in so viele Richtungen gedreht und gewendet, ohne jemals eine Lösung zu finden. Ich habe immer gedacht, dass der Tod besser wäre."

Corun hob den Kopf und küsste ihre Lippen. Weder Mensch noch Tier gefiel das Gerede von ihrem Tod. Sie würde hier in seiner Obhut ein langes und gesundes Leben führen.

„Aber ich habe heute erkannt, dass ich innerlich immer ganz war. Ich war nur am falschen Ort."

Corun steckte seine Nase wieder in ihre Haare, direkt hinter ihr Ohr, wo sich immer ein wenig salziger Schweiß befindet. Er leckte daran und genoss den süß-salzigen Geschmack seiner Gefährtin.

„Ich dachte, du würdest mich nur ausnutzen. Aber vielleicht bedeute ich dir ja doch etwas?“

Corun schluckte. Aber sein Drache posaunte die Wahrheit heraus: „Du bist mein kostbarer Schatz.“

Er stand auf und führte sie zum Bett. Als er sie hinlegte, streckte sie ihm ihre Handgelenke entgegen. Corun sah sie verwirrt an.

„Willst du mich nicht fesseln?“, fragte sie.

Das gab ihm den Rest. Denn er wollte es. Aber er musste es nicht mehr tun. Nicht jetzt, da sie sich ihm ergeben hatte.

„Ich will dich immer noch in mir spüren.“ Sie schlang die Arme um seinen Hals.

Corun seufzte. Er würde sie also doch fesseln müssen. Das würde ihm keine Mühe bereiten. Er mochte es, wenn seine Gefährtin an ihn gebunden war.

„Ich habe einen Vorschlag für dich“, sagte sie.

Corun streckte ihre Arme über ihren Kopf. Er sah sich im Zimmer um, auf der Suche nach etwas, das er als Fesseln verwenden konnte.

„Kondome“, sagte sie.

Corun beobachtete, wie ihr Mund das unbekannte Wort formte. Die Art und Weise, wie sie ihre Lippen zusammenpresste, als sie es ausgesprochen hatte, jagte einen angenehmen Schauer durch seinen Körper.

„Es ist ein dünnes Stück Plastik, mit dem man seinen … du weißt schon … bedeckt, damit ich nicht schwanger werden kann.“

Das klang nach etwas ganz und gar Unmöglichem. Seine Brauen zogen sich zusammen. Seine Augen huschten umher und suchten nach dem Gegenstand, von dem sie sprach.

„Das ist etwas, das die Menschen erfunden haben. Es funktioniert. Na gut, es ist zu 99 % sicher.“

Der Drache hechelte. Der Mann kalkulierte. Beiden gefiel dieser Prozentsatz. Coruns Griff um ihre Hände lockerte sich. Sie hob ihren Oberkörper von der Matratze und griff nach unten zum Boden.

„Ich habe eines.“ Sie holte ein kleines, dünnes Metallpäckchen aus ihrem Stiefel.

Corun konnte kaum atmen, als er sah, wie sie es mit den Zähnen aufriss. Aus der Packung kam ein flacher, runder Schlauch zum Vorschein. Auf gar keinen Fall würde das Ding seine Männlichkeit vollständig bedecken können.

Doch bevor er sie warnen konnte, öffnete Chrysanthemum seine Hose. Er war so sehr auf das Kondom fixiert gewesen, dass er ihre Berührung nicht hatte kommen sehen.

Corun sackte auf dem Bett zusammen, als ihre Finger ihn streiften. Der Gedanke an Fesseln verließ ihn, als seine Gefährtin seine Männlichkeit in den dünnen Schlauch hüllte.

KAPITEL ACHTZEHN

Chryssies Finger zitterten, als sie das hauchdünne Kondom über Coruns Erektion schob. Sie hatte sich schon viele Pornos im Internet angesehen, aber sie hatte die „Großer Schwanz, zarte Frau"-Videos immer übersprungen. Sie hatte lieber zu den spärlich gesäten romantischen Szenen auf den Seiten geklickt. Denjenigen, in denen der Mann der Frau einen flüchtigen Kuss auf die Lippen hauchte, bevor er ihr seinen Schwanz in den Rachen schob.

Die etwas Gefühlvolleren eben.

Vielleicht sollte sie das tun. Vielleicht sollte sie Coruns Schwanz in den Mund nehmen. Er hatte sie nicht nur geküsst, dass ihr der Atem weggeblieben war, sondern auch ihren Körper mit seinen oralen Künsten in eine ekstatische Starre versetzt. Das sollte sie auch tun. Das wäre eine liebevolle Geste, romantisch.

Während sie versuchte, sich an die Techniken der hart arbeitenden Frauen auf den Pornoseiten zu erinnern, zog Chryssie das Kondom wieder von Coruns pulsierender Erektion ab. Er fauchte und blickte stirnrunzelnd auf sie herab. Seine große Hand schlang sich wie ein Schraubstock um ihr Handgelenk. Mist, sie hatte das Vögeln bereits vermasselt, ohne dass wenigstens ein Körperteil in irgendeine Öffnung gesteckt worden war.

„Ist es defekt?", fragte er, und seine Stimme klang, als hätte er drei Packungen Zigaretten geraucht.

Chryssie starrte auf sein Gemächt, das nicht mehr zurück starrte. Es wippte vor ihrem Gesicht vor und zurück. Wie eine traurige, kleine Schlange – hin und her, vor und zurück.

Sie leckte sich über die Lippen, völlig in seinen Bann gezogen. „Nein, sieht von hier aus ganz gut aus."

Coruns Augen leuchteten hell auf, und ein Feuersturm aus Rot- und Orangetönen tobte darin.

Nach ihren Worten lichtete sich der Schleier der Begierde so weit, dass ein brauner Fleck zu sehen war.

„Nein", sagte er. „Nicht mein Schwanz. Das … Wie hast du es genannt? Kondom?"

„Oh, nein. Das Kondom ist in Ordnung. Es ist nur, na ja, ich wollte dir zuerst einen blasen. Letztes Mal haben wir … Weil du … Du weißt schon …"

„Einen blasen?" Er zuckte zusammen, schob seine Hüften zur Seite und bedeckte seine enttäuschte Erektion mit einer Hand.

„Oh, nein. Nein. Ich will nicht wortwörtlich darauf pusten." Oh Gott, das hier wurde langsam zu einem regelrechten Desaster. „Ich wollte ihn lecken und daran saugen. So wie du es gestern bei mir getan hast."

Ihre Wangen waren heißer und röter als das Feuer in seinen Augen. Seine Hand lag immer noch auf seinem Schwanz. Wollte er sie das nicht tun lassen?

Sie war es leid, dass er die Grenzen ihrer Beziehung diktierte. Sie wollte ihr Leben opfern, um seine Kinder zu bekommen. Das Mindeste, was er tun konnte, war, sie mit seinem Schwanz spielen zu lassen.

Mit einer trotzigen Bewegung ihres Kinns stieß Chryssie seine Hand von seiner Erektion. Sie streckte die Zunge heraus, als wollte sie ihn verhöhnen. Doch als der erste Zungenschlag seine Eichel berührte, fiel Corun auf seine Ellbogen zurück.

Ha! Jetzt hatte sie ihn. Endlich war sie Herrin der Lage. Sie würde diese Chance nicht verspielen.

Sie umschloss seine Eichel mit den Lippen, merkte aber, dass sie kaum deren ganzen Umfang in den Mund nehmen konnte. Was sie mit ihren Lippen berühren konnte, war weich und fest. Was sie mit ihrer Zunge schmecken konnte, war süß und salzig. Chryssie saugte gierig und leckte an der pulsierenden Ader, die bei jedem Saugen stärker pochte.

Ihr sexy Drache knurrte und klang dabei eher wie ein Tier als wie ein Mensch. Ihre Kiefermuskeln entspannten sich, und sie nahm etwas mehr als die Hälfte von seinem Schwanz in ihrer Kehle auf.

Corun brüllte. Sie spürte die Hitze seiner Flammen auf ihrem Rücken. Vergessen war das Vorhaben, eine Vampirjägerin zu sein. Chryssie war jetzt eine Drachenbezwingerin.

Sie liebkoste ihn mit ihrer Zunge. Was nicht in ihren Mund passte, bearbeitete sie mit den Händen.

Corun war ein sich windendes, stöhnendes Etwas, und sie hatte sich noch nie in ihrem Leben so mächtig gefühlt.

Dann wurde sie hochgehoben. Ruckartig löste sie sich von seinem Schwanz. Sie schwebte einen Augenblick in der Luft und wurde dann auf den Rücken geworfen.

Corun drückte sie aufs Bett. Seine Augen waren heller als eine Supernova. Chryssie verspürte nicht die leiseste Spur von Angst. Sie quoll über vor Verlangen nach ihrem Drachen.

Mit zitternden Händen entriss Corun ihr das Kondom, das sie noch immer in der Hand gehalten hatte. Es war zerdrückt, aber Corun glättete es und rollte es über seine Erektion.

Chryssie hatte kein Problem damit, die Kontrolle abzugeben, jetzt, wo sie die Macht zu spüren bekommen hatte. Sie legte sich zurück auf die Matratze, fügsam und willig, in Erwartung des Vergnügens, das ihr endlich bevorstand. Sie hielt den Atem an und grub ihre Fingernägel in Coruns Schultern, während sie darauf wartete, dass ihr Jungfernhäutchen zerrissen wurde.

Corun rieb seine Eichel an ihrer Klitoris. Auf und ab und im Kreis rieben sich diese beiden empfindlichen Körperteile aneinander. Chryssies Augenlider fielen zu, und ihr Mund öffnete sich, als der erste Orgasmus sie durchfuhr. Während sie von den haushohen Wellen der Lust durchgeschüttelt wurde, schob Corun die Spitze seines Penis in sie hinein.

Ihr Körper war durch den Orgasmus bereits in Wallung geraten. Ihr Geschlecht pulsierte, drückte zuerst seine Eichel zusammen und zog dann einen Teil seines Schafts in ihre Vagina. Anschließend presste sie ihn ein wenig hinaus und nahm ihn dann tiefer in sich auf.

Corun wich nicht zurück. Er stieß nur hinein. Sie konnte nicht unterscheiden, was Schmerz und was Vergnügen war. Es war eine endlose Schleife aus Dehnung und Zug. Sie wurde ausgewrungen, und sie wollte nicht, dass es aufhörte. Ihr dominanter Drache. Er drückte ihre Hände seitlich an ihren Körper. Er konnte die Kontrolle nicht aus der Hand geben, und das war ihr recht.

Sie vertraute ihm ihren Körper, ihre Seele, ihr Leben an. Er hatte ihr in den zwei Tagen, seit sie hier war, mehr gegeben als sonst jemand in ihrem Leben, und er verlangte keine Gegenleistung von ihr. Als sie sich ihm als Opfergabe dargeboten hatte,

hatte er den Spieß umgedreht. Er hatte selbst so viel geopfert, um sie zu behalten.

„Corun, ich liebe dich."

Seine Augen leuchteten hell, aber sie sah in den silbrigen Tiefen einen Hauch von braun, als ob Mensch und Drache darin eins wären.

„Worte reichen nicht aus, um das Ausmaß meiner Hingabe an dich, mein kostbarer Schatz, auszudrücken."

Er stieß in sie hinein.

„Ich werde dich anbeten."

Ein weiterer Stoß. Er drang so tief in sie ein wie er konnte.

„Ich werde dich mit Juwelen schmücken."

Dieser Stoß endete mit einem Schwung seiner Hüften.

„Ich werde für dich leben. Ich werde für dich sterben. Wenn das Liebe ist, dann liebe ich dich auch."

Corun stieß tiefer in sie hinein und drehte dabei seine Hüften. Sein Schwanz wurde von Chryssies Essenz übergossen und umhüllt. Ein Orgasmus nach dem anderen jagte durch ihren Körper, und ihre Schreie durchbrachen die Stille der Nacht. Dann lag sie fast bewusstlos in seinen Armen.

Sie starrte ins Leere, ohne wirklich etwas von

der Welt außerhalb des Fensters wahrzunehmen. Dort gab es ohnehin nichts von Bedeutung. Alles, was sie spürte, waren die zarten Küsse, die Corun in ihre Haare drückte. Wenn sie wegen dieses Drachens den Verstand verlieren und tagein, tagaus im Bett liegen würde, unfähig, einen klaren Gedanken zu fassen, wäre es das alles wert gewesen.

KAPITEL NEUNZEHN

Er konnte nicht aufhören, sie zu berühren. Er konnte nicht aufhören, sie zu küssen. Er konnte nicht aufhören, sie zu betrachten.

Seinen kostbaren Schatz.

Corun würde sie nicht nur *sein* ganzes Leben lang haben. Er würde sie *ihr* ganzes Leben lang haben. Aber nicht so wie Kimber und Cardi. Corun würde seine Nächte und viele seiner Tage in seiner Gefährtin verbringen, dank der wunderbaren menschlichen Erfindung, die als „Kondom" bezeichnet wurde.

Chryssie würde leben. Sie würde gesund sein. Er würde sie glücklich machen. Und er würde ihr unendlich viel Freude bereiten.

Er würde sie mit seinen schönsten Juwelen

schmücken. Er würde sich ihr zu Füßen legen – und die herrlichsten Rubine, die er aus den Tiefen der Erde gefördert hatte. Ja, sie würde vor Rot triefen. Sie würde in dem Glanz, den er für sie ausgegraben hat, leuchten.

Coruns Drache schlief friedlich in seinem Bauch. Corun registrierte ein bestimmtes Schema. Wenn Chryssies Geschmack auf seiner Zunge lag, rollte sich der Drache auf den Rücken und schlief zufrieden ein. Wenn er seinen Schwanz in sie eingeführt hatte, fiel das Tier in ein Koma.

Corun hatte seinen Frieden gefunden. Solange ihr Geruch an ihm haftete. Solange der Geschmack von ihr auf seiner Zunge lag. Solange sie in seiner Nähe war.

Es würde immer so sein.

Er würde niemals zusehen müssen, wie das Leben aus ihren Augen schwand. Er würde nie zusehen, wie ihr Körper in zwei Teile gerissen wurde, um seine Jungen zu gebären. Er würde sie in den Armen halten und miterleben können, wie sich ihre Augen vor *Verlangen* trübten, nicht vor Hass oder Angst.

Corun drückte seine Nase an seine Lieblingsstelle hinter ihrem Ohr und atmete tief ein. Ihr honigartiger Duft vernebelte seine Sinne. Er streckte die Zunge aus, um sie zu schmecken. In diesem Augenblick nahm er den metallenen Geruch von Blut in der Luft wahr.

Blut war ein so alltäglicher Sinneseindruck in dieser Burg voller aggressiver Drachen, dass er ihn fast verdrängt hatte. Aber er hatte heute nicht gekämpft. Gewalt hatte diesen Raum nicht berührt. Nur Liebe.

Galle stieg in seine Kehle, als er sich von Chryssie löste. Langsam drehte er sie um und befreite sie aus seinen Armen.

Er sah keinen blauen Fleck an ihrem Körper. Keine Wunde auf ihrer Haut. Aber der Geruch war da und wurde stärker.

Chryssie begann sich zu bewegen. Dabei öffnete sie träge die Augen. Sie leckte sich über die Lippen, als sich ihr Blick auf ihn richtete, und presste ihre Schenkel zusammen.

Der unverwechselbare Geruch von Erregung mischte sich mit dem beißenden Geruch von Blut. Corun griff nach unten und spreizte die Schenkel seiner Geliebten. Und da war es.

„Ein bisschen Morgensex …?“, fragte Chryssie verschlafen. „Du hättest nur zu fragen brauchen.“

„Du blutest.“, sagte er mit erstickter Stimme. „Ich habe dich verletzt.“

Chryssie sah an ihrem Körper herunter. Sie spreizte die Schenkel weiter und entblößte ihr geschwollenes Geschlecht, sodass das Blut zu sehen war, was seine Behauptung belegte. Anstatt vor Entsetzen zu schreien, grinste sie zufrieden.

„Ich habe es dir doch gesagt", erwiderte sie. „Das war das mythische Jungfernhäutchen, von dem du sagtest, es sei nicht da."

Corun zweifelte noch immer. In seinem Inneren erwachte sein Drache und schüttelte seine Trägheit ab. Ein leises Wimmern drang aus seiner Kehle, als sein Tier den Beweis für die Verletzung seiner Gefährtin roch.

„Corun." Chryssie legte eine Hand auf seine Brust. Mit der anderen hob sie sein Kinn an, sodass sie ihm in die Augen sehen konnte. „Es ist normal, dass eine Frau nach dem ersten Mal Sex blutet."

Corun errötete bei ihren Worten. Allein der Gedanke, eine Frau zu verletzen, machte ihn krank. Der tatsächliche Beweis dafür brachte ihn dazu, aus dem Fenster zu springen, ohne seine Flügel zu entfalten. „Ich habe dir wehgetan. Ich bin ein Ungeheuer."

„Du hast mir das Gefühl gegeben, eine natürliche Frau zu sein. Mach mir das nicht kaputt. Ich habe meine Jungfräulichkeit verloren, und das war der

Hammer. Der Mega-Hammer." Chryssie grinste. „Verstehst du?"

Er verstand gar nichts. Wegen ihm blutete sie. Er wollte gegen etwas wüten. Er wusste genau, was das sein würde. Aber sein Drache war genauso verzweifelt wie er.

„Ich habe nur beim ersten Mal geblutet", sagte Chryssie. „Und dann werde ich während meines monatlichen Zyklus' bluten, da ich ja nicht schwanger werden will. Bitte glaube mir, dass es mir gut geht."

Sie küsste sein Kinn. Ihre Lippen auf seiner Haut waren so weich. Sie weinte nicht. Sie schien keine Schmerzen zu haben. Vielleicht hatte er ihr wirklich nicht wehgetan?

„Eigentlich", fuhr sie fort, „bin ich bereit für Runde zwei."

Sie drückte ihre Lippen auf seine. Ihr honigsüßer Geschmack verdrängte den metallenen Geruch ihrer Scham. Corun gab sich dem Kuss hin. Gerade, als er bereit war, in sie einzudringen, zog sie sich von ihm zurück.

„Oh Mann", schimpfte sie. „Hab ich vergessen. Keine Kondome mehr."

Corun blinzelte und versuchte, sich auf ihre Worte zu konzentrieren. Er war komplett verwirrt.

Die Mischung aus Scham, Verlangen und Erregung war eine berauschende Erfahrung, dabei wollte er doch nur wieder in ihr kommen.

„Könnte uns die Walküre welche besorgen? Und zwar eine Menge. Oder vielleicht ein paar Antibabypillen. In der Zwischenzeit können wir kreativ werden."

„Warum sollten wir mehr brauchen? Ich habe das Kondom doch noch."

„Man kann Kondome nicht wiederverwenden."

„Warum nicht?"

„Weil sie weniger wirksam werden oder kaputt gehen, wenn man ..." Chryssies Ausdruck veränderte sich. Alle Farbe wich aus ihrem Gesicht, als sie zwischen seine Beine sah.

Corun schaute ebenfalls nach unten. Er hatte den Plastikschlauch nicht verloren. Er trug das Kondom noch immer. Nur war es über seinem Penis in zwei Hälften gerissen.

„Oh-oh", stöhnte Chryssie.

„Oh-oh?", wiederholte Corun. „Oh-oh?" Seine Stimme wurde lauter.

„Es ist kaputt." Sie zuckte zusammen. „Ich habe es dir übergezogen, und dann abgenommen, als ich dir einen geblasen habe. Und dann hast du es wieder übergezogen."

„Was soll das bedeuten?"

Sie zog ihre Unterlippe in den Mund. Noch vor wenigen Augenblicken hätte Corun sich vorgebeugt und in diese Lippe gebissen. Jetzt lehnte er sich von ihr weg.

„Du sagtest, es sei zu 99 % wirksam", gab er zu bedenken.

Schweiß bildete sich auf ihrer Stirn. Nicht nur Coruns Wut stieg, sondern auch die Temperatur im Raum. Seine Nasenlöcher bebten, und Rauch drang heraus.

„Beruhige dich", sagte Chryssie.

„Sag mir nicht, dass ich mich beruhigen soll, wenn ich dich in den Tod geschickt habe!" Er sprang vom Bett auf und riss das kaputte Kondom ab, das Stück Plastik, das sein Leben ruiniert hatte.

„Ich bin wahrscheinlich nicht einmal schwanger. Es war mein erstes Mal."

„Ein einziges Mal reicht." Er raufte sich die Haare. Er hatte sie gerade erst bekommen, und jetzt war er dabei, sie zu verlieren. „Ich wünschte, du wärst nie hierher gekommen."

Chryssie hatte sich aufs Bett gekniet und die Hand nach ihm ausgestreckt. Ihre Augen füllten sich augenblicklich mit Tränen, als ob Rauch im Zimmer wäre. Sie ließ sich gegen das Kopfteil fallen, als hätte er sie verbrannt. „Du wünschst dir, ich wäre nie hierher gekommen?“

Es war die Wahrheit. Sie wären beide besser dran, wenn er ihr nie begegnet wäre. Dann würde sie nicht als seine Opfergabe einen grausamen Tod sterben müssen.

Er wollte nicht, dass ihr Leben geopfert wurde. Er wollte, dass sie lebte. Aber jetzt hatte sie ihn zu einem Mörder gemacht. Seine gierigen Monster wuchsen wahrscheinlich gerade in ihr heran und bereiteten sich darauf vor, sie ihm wegzunehmen.

Sein Drache brannte darauf, sie auszulöschen. Es spielte keine Rolle, dass sie ein Teil von ihm waren. Dass sie die Fortführung seiner Art ermöglichten. Der Preis war zu hoch.

Corun musste die Jungtiere aus ihr herausholen. Aber wie? Vielleicht mit einem Zaubertrank? Vielleicht mit den Antibabypillen aus ihrer Welt, von denen sie gesprochen hatte? Aber es würde zu viel Zeit in Anspruch nehmen, Morrigan zu kontaktieren und sie zu bitten, die Sachen zu besorgen und herzubringen.

Moment mal. Ihre Welt. Was, wenn Chryssie zurück in ihre Welt ginge?

Drachenwandler sind nicht dafür gemacht, jenseits des Schleiers zu leben. Die kleinen Bestien würden dort sterben, und sie würde leben. Das war die einzige Lösung.

„Zieh dich an!", befahl Corun.

„Warum?"

„Du gehst nach Hause."

„Ich bin zu Hause."

„Nein. Du gehst zurück durch den Schleier. Zurück in die menschliche Welt."

KAPITEL ZWANZIG

Chryssie saß fassungslos in einem Haufen blutiger Laken. Sie war nackt, aber ihr Kopf war heiß und fiebrig. Ihre Fingerspitzen waren kalt und gefühllos, als hätte die Krankheit sie hier doch noch eingeholt. Ihre Finger zuckten, als ob sie die Hand ausstrecken wollte, aber ihr Gehirn konnte keinen Teil ihres Körpers koordinieren.

Corun bewegte sich hektisch durchs Zimmer. In seinen Augen war das dunkle Braun des Mannes zu sehen, aber das Feuer des Drachens säumte die Ränder. Er würde sie nicht noch einmal ansehen. Er wollte sie loswerden.

Wieder einmal war sie zu einer Last im Leben eines anderen geworden. Was in ihr vorging, war für ihn nicht zu ertragen. Also wurde sie weggeschickt.

Sie war daran gewöhnt. Trotzdem tat es weh. Denn dieses Mal hatte es einen kleinen Teil in ihr gegeben, der gehofft hatte, sie könnte bleiben. Dieses Mal hatte ihr ganzes Wesen darauf bestanden, dass sie zu Hause war, dass sie geliebt wurde und dass sie niemals weggeschickt werden würde.

Corun setzte sie auf wie eine Stoffpuppe. Ihr Körper wurde schlaff, und er musste sie gegen das Kopfteil stützen. Er raffte den Stoff eines Etuikleides zusammen und formte ein großes Loch, durch das ihr Kopf passte.

Chryssie wich der Öffnung des Kleidungsstücks aus und stürzte sich auf seine Brust. „Du hast gesagt, du würdest mich nie wegschicken."

Coruns Herz pochte gegen ihre Wange, so stark, so schnell, dass sie nachsehen wollte, ob er rannte. Aber sie saßen beide ruhig auf dem Bett. Sein heißer Atem brannte an ihrem Hals.

„Ich muss dich zurückschicken", sagte er.

„Bitte nicht." Sie schniefte. Sie klang erbärmlich, aber das war ihr egal. Ihre Tränen und ein wenig Rotz sickerten auf sein Baumwollhemd. Sie grub ihre Nägel in den Stoff, als ob sie sich in ihm einhaken könnte. Er zog sie mühelos weg.

Er schien ungerührt. Es war nicht das erste Mal, dass sie jemanden angefleht hatte, sie in seinem Leben zu behalten. Es hatte nie funktioniert.

Chryssie hatte sich schon lange nicht mehr erlaubt, jemanden zu lieben. Sie hatte nicht geglaubt, dass jemand sie ebenfalls lieben würde. Denn sie war nie für etwas gut gewesen.

Sie war nicht in der Lage gewesen, ihre Schwester zu retten. Sie hatte es nicht geschafft, sich an dem Arzt zu rächen, der das Leben ihrer Familie ruiniert hatte. Und jetzt hatte sie den Mann, den sie liebte, enttäuscht.

Corun zog ihr das Kleid über den Kopf. Er schob ihr die Stiefel über die Füße. Er zog ihr die Jacke an. Sie blieb reglos, als er versuchte, sie zum Gehen zu bewegen. Schließlich hob er sie einfach hoch, als ob sie nichts wöge. Denn in ihr war auch nichts mehr.

„Ich darf dich nicht sterben lassen“, sagte er, als er mit ihr in den Armen den Flur hinunterging. „Wenn du stirbst, sterbe ich.“

Seine Worte sollten sie besänftigen. War das nicht der ultimative Liebesbeweis? Ein Liebender opferte sein Leben für den Geliebten.

„Ich will nicht gehen“, wimmerte sie. Sie klammerte sich an ihn und schloss ihre Finger um seinen Hals, auch wenn sie wusste, dass es nichts bringen würde. „Ohne dich wird es kein Leben sein.“

Corun schüttelte den Kopf. Sein Kiefer war angespannt. Seine Augen blieben nach vorne gerichtet. Er ging zielstrebig weiter. Bald waren sie durch die Hintertür nach draußen gelangt.

Beryl und Ilia kämpften im Garten in menschlicher Gestalt. Beide trugen kein Hemd, jedoch war diesmal kein Blut auf ihren Körpern. Aber ihre Krallen waren ausgefahren, und Feuer drang aus ihren bebenden Nasenlöchern. Sie blieben stehen, als Corun über die Schwelle trat.

„Ist das irgendein Sexspiel?“, fragte Beryl.

Als Beryl abgelenkt war, schlug Ilia nach seinem Bruder. Der Schlag saß, und Ilia purzelte lachend zu Boden und zeigte auf ihn. Beryl richtete sich auf und stürmte auf seinen Bruder zu.

Chryssie würde das fehlen. Obwohl sie kein Interesse an einem Sparring-Kampf hatte, würde es ihr fehlen, mit ihnen in den Videospielen zu wetteifern. In der kurzen Zeit, in der sie sie gekannt hatte, waren sie wie Brüder für sie gewesen, eine richtige Familie. Und jetzt war sie gezwungen, sie aufzugeben.

Beryl und Ilia senkten beide die Fäuste, als sie einen Schluchzer ausstieß. Dann liefen sie zu ihnen und flankierten Corun. Über ihnen stieß Rhoyl ein Wehklagen aus und flog über sie hinweg.

„Bist du verletzt, Chryssie?“, fragte Ilia.

„Was können wir tun?“, fragte Beryl. „Wen müssen wir töten?“

„Ich schicke sie durch den Schleier zurück.“ Corun ging weiterhin festen Schrittes in Richtung des Portals.

„Du willst sie nicht mehr?“ Elek löste sich aus den Schatten und ging mit seinen Brüdern im Gleichschritt.

„Ich nehme sie“, sagte Beryl.

Corun warf seinem Bruder einen bösen Blick zu und knurrte.

„Nicht für Sex.“ Beryl hob die Hände. „Sie kann meine Schwester sein. Wie Cardi.“

„Sie ist schwanger“, sagte Corun.

Die drei Brüder stolperten und wären beinahe hingefallen. Selbst Rhoyl schwankte in der Luft.

„Das kannst du nicht wissen“, schluchzte Chryssie. „Wir haben nur ein einziges Mal miteinander geschlafen.“ Aber bereits während sie das sagte, wusste sie, dass etwas in ihr anders war. Sie spürte Leben in ihrem Körper, und zwar nicht nur ihr eigenes.

„Ich werde nicht zulassen, dass sie dich töten.“ Corun fuhr mit einer Hand über ihr Gesicht. Er sah hin und her gerissen aus, aber gleichzeitig auch entschlossen. „Drachenwandler haben es in ihrer Entwicklung nicht so weit geschafft, dass sie hinter dem Schleier überleben können. Wenn du zurückgehst, werden sie nicht gedeihen."

Schließlich blieb er stehen. Sie waren weit vom Schloss entfernt. Chryssie hatte gar nicht bemerkt, wie schnell sie vorwärts gekommen waren, bis sie nur noch die Umrisse des Ortes sah, von dem sie geglaubt hatte, dass er für immer ihr Zuhause sein würde.

Sie standen am Fuße eines Berges, und die Sonne schien hell vom Himmel. Die Luft hier war anders. Die Atmosphäre war aufgeladen, wie wenn man von einem heißen Tag im Freien in ein klimatisiertes Gebäude tritt.

War es das? Der Schleier, durch den sie gekommen war? Wenn das ein Portal sein sollte, dann unterschied es sich überhaupt nicht von seiner Umgebung – außer, dass es sich hier anders anfühlte.

Chryssie wandte sich von dem unsichtbaren Durchgang ab und richtete den Blick auf den Mann, der ihr Herz und ihre Seele erobert hatte. Coruns harte Fassade hatte Risse bekommen. Er sah verzweifelt und unsicher aus.

„Bitte“, flehte sie. „Bitte schick mich nicht weg. Ich werde brav sein.“

„Du bist perfekt.“ Er neigte den Kopf und küsste ihre Lippen, sanft, ehrfürchtig. Aber mit einem Gefühl der Endgültigkeit.

„Es tut mir leid“, wimmerte Chryssie. „Ich wollte nicht schwanger werden.“

„Ich weiß, mein Schatz.“ Er küsste ihre geschlossenen Augenlider und fing die bitteren Tränen auf, die von dort herabflossen. „Ob du es bist oder nicht, du kannst nicht bleiben. Ich werde kein Risiko mit deinem Leben eingehen. Du bist viel zu wertvoll. Das ist der einzige Weg, den ich kenne, um dich vor meinesgleichen und dem, was ich in dich gepflanzt habe, zu schützen.“

„Aber du wirst dich ohne mich verlieren. Dein Drache wird dich verschlingen.“

„Aber du wirst es überleben.“

Corun führte sie an den Rand des Schleiers. Sie klammerte sich an seine Brust. Er löste ihren Griff und stellte sie auf die Füße.

„Lebe für mich“, sagte er.

Mit diesen Worten ließ er sie los. Sie streckte die Hand nach ihm aus, aber Dunkelheit verschlang sie. Die Schwäche kehrte in ihren Körper zurück. Die altbekannte, ermattende, atemraubende Schwäche. Ihr war wieder kalt.

Es fühlte sich alles so falsch an, nachdem sie stark und warm gewesen war. Sie versuchte, vorwärts zu gehen, aber sie konnte nicht sehen, wohin sie trat. Sie war sich nicht sicher, aus welcher Richtung sie gekommen war. Er hatte sie weggeschickt. Er hatte sie verlassen, wie all die anderen auch. Das war schlimmer als der Tod.

Schritte ertönten hinter ihr, gefolgt von einem resignierten Seufzer. Chryssies Herz klopfte schmerzhaft in ihrer Brust. Aber sie wusste, dass diese Person nicht Corun war.

„Du willst abhauen, was, Sahnetittchen?“

KAPITEL EINUNDZWANZIG

„Lebe für mich."

Mit diesen Worten hatte Corun die Liebe seines Lebens losgelassen und sie zurück in ihr Reich geschickt, das er niemals würde betreten können. Als Chryssie aus seinem Blickfeld verschwunden war, sank er auf die Knie und wartete darauf, dass seine Bestie ihn verzehrte. Er war es leid, ein Mann zu sein. Er war es leid zu leben, jetzt, da er ohne sie würde leben müssen.

Selbst wenn sie nicht seine Jungen in ihrem Bauch trüge, könnte er nicht garantieren, dass nicht wieder ein Missgeschick passierte. Sowohl der Mensch als auch die Bestie wollten sie zu sehr, als dass sie ihre Hände und Krallen von ihr lassen könnten. Eines Tages wäre es ohnehin passiert. Jetzt gab es keine Möglichkeit mehr dazu.

Sie würde leben. Vielleicht wäre es kein schönes Leben, das sie auf der anderen Seite des Schleiers führen würde. Aber zumindest würde sie leben. Das war das Wichtigste. Oder vielleicht doch nicht?

„Warum hast du das getan?“, fragte Elek.

„Sie wäre gestorben, wenn sie hiergeblieben wäre“, erwiderte Corun.

„Wir werden alle eines Tages sterben. Das ist der Handel, den jede Seele eingeht, wenn sie nach dem Leben greift.“

Corun stand auf und drehte sich zu seinem Bruder um. „Was hätte ich deiner Meinung nach tun sollen? Die Frau, der ich meine Seele gegeben habe, wegen meiner Liebe zu ihr sterben lassen?“

Elek wich nicht zurück. Er blinzelte nicht. „Aber wenn das ihre Entscheidung war.“

„Ich konnte sie nicht sterben sehen“, sagte Corun.

„So schlimm ist es gar nicht.“ Elek zuckte mit den Schultern. Er sah zu, wie seine Mutter jeden Tag mehr und mehr abbaute. Dennoch blieb er an ihrer Seite, hielt ihre Hand, saß neben ihr, war einfach bei ihr. „Es geht nicht um dich. Sie wird eines Tages sterben. Ich glaube, sie wollte hier sterben, mit dir, dem einzigen Mann, der sie liebte. Und mit uns, ihrer einzigen Familie. Stattdessen hast du sie zurück in eine Welt gestoßen, in der sie ganz allein ist. Das war ziemlich kaltherzig."

Corun hatte Mühe zu schlucken. Er blickte zu seinen anderen Brüdern. Dachten sie ebenso?

Beryl stand mit über der Brust verschränkten Armen da wie ein bockiges Kind, dem Corun gerade sein Spielzeug weggenommen hatte. Rhoyl war gelandet, aber er wandte sein Gesicht von Corun ab, weil er seinem älteren Bruder nicht in die Augen sehen wollte. Ilia schüttelte den Magic 8-Ball und hielt ihn mit der Antwort hoch.

Keine gute Aussicht.

Corun wandte sich von ihnen ab. Er starrte auf den Riss im Gefüge der Welt. Eine Hand legte sich auf seine Schulter.

„Du kannst da nicht reingehen", sagte Ilia. „Das ist gegen die Regeln."

„Wenn du diese Schwelle überschreitest", sagte Beryl, „wird die Walküre dich jagen und dir den Garaus machen. Ich glaube nicht, dass Chryssie das gefallen würde."

Corun hörte nicht zu. Er hatte einen kolossalen Fehler begangen. Das Einzige, wovor seine Chryssie Angst gehabt hatte, war, weggeschickt zu werden.

Er erinnerte sich, wie die rothaarige Anne die weißhaarige Vaterfigur Matthew angefleht hatte, sie nicht ins Waisenhaus zurückzuschicken. Corun hatte das mit Chryssie gemacht. Auch wenn es ihn das Leben kosten würde, er musste sie wissen lassen, dass sie seine einzige Liebe war, auf immer und ewig. Er musste sie finden und bis zu seinem letzten Atemzug bei ihr bleiben.

Mensch und Tier waren sich einig. Corun trat in den Riss zwischen den Welten, und es verschlug ihm den Atem. Seine Bestie schlang die Flügel um ihn, als sie durch das Portal fielen. Er stürzte in eine Spirale der Dunkelheit, bis er mit einem dumpfen Aufprall landete.

Er versuchte zu atmen, aber seine Lungen blähten sich nicht vollständig auf. Ihm war kalt, so kalt. Das allein war der Beweis dafür, dass diese Welt nicht für Drachen gemacht war.

Der Drache legte seine Schuppen ab, und der Mann kam zum Vorschein. In seiner Haut war es nur unwesentlich besser. Er konnte immer noch nicht richtig atmen. Seine Knochen taten ihm weh, als ob etwas auf ihn drückte.

Und dann spürte er einen Schlag auf seine Schulter, als würde ihm eine Katze einen Klaps geben. Er sah auf und erblickte feuerrote Haare und funkelnde

Augen. Chryssie zog ihren Arm wieder zurück und verpasste ihm einen Schlag auf die Nase. Er war genauso wirkungslos wie der Erste, aber er schmerzte. Allerdings nicht körperlich.

„Wie konntest du mir das antun?“, fragte sie.

„Ich bin ein Ungeheuer.“

Sie schlug ihm mehrmals auf die Brust, aber sie wurde immer müder. Corun zog sie zu sich und wischte ihr die Tränen aus den Augen.

„Du solltest mich nicht schlagen“, warnte er. „Drachen mögen Gewalt.“

Sie schlug wieder mit den Fäusten auf seine Brust und vergrub ihre Nase an ihm.

„Bitte verzeih mir.“

„Du hast mir das Gefühl gegeben, ich sei eine Last für dich. Du wolltest mich loswerden, als es unangenehm wurde, genau wie alle anderen.“

„Du bist keine Last. Du bist der wertvollste meiner Schätze.“

„Aber du hast mich weggeschickt.“

„Ich wollte dich nur beschützen.“

„Ich brauche deinen Schutz nicht. Ich brauche dich, damit du mich liebst und mich festhältst.“

„Das werde ich. Für den Rest unseres Lebens. Ich werde dich nie wieder verlassen. Ich schwöre es.“

Ihr war genauso kalt wie ihm. Nur war sie, im

Gegensatz zu ihm, bekleidet. Ihr Atem ging genauso schleppend wie seiner. Wie sollten sie in dieser Welt überleben? Schlimmer noch, wie sollte er sich wehren, wenn die Walküren hinter ihm her waren? Sie würden kommen, sobald sie erfuhren, dass er ihre Regel gebrochen hatte.

Corun und sein Drache hatten zusammengearbeitet, um seine Gefährtin zu finden. Jetzt würden sie um sein Leben und um sie kämpfen.

Er berührte Chryssies Lippen mit den seinen und ignorierte seine protestierende Lunge. Er atmete den Duft seiner Gefährtin ein. Sie schnappten beide nach Luft, aber sie ließen die Lippen des anderen nicht los.

„Also gut, das reicht jetzt."

Corun löste seinen Mund von Chryssie und schob sie hinter sich, um sich der Bedrohung zu stellen. Er hatte kaum eine Minute Zeit gehabt, bevor sie gekommen war. Morrigan lehnte an der Höhlenwand und beobachtete sie, als wären sie eine lebende Fernsehsendung für ihr privates Amüsement.

„Ich werde mit dir um sie kämpfen, Walküre. Wir werden zusammen leben, oder wir werden zusammen sterben."

Morrigan verzog das Gesicht. „Du hast sie

einfach weggeworfen wie den Müll von gestern."

Corun zuckte zusammen und stieß einen schwachen Lufthauch aus. „Das war eine Fehlentscheidung. Eine, die ich durch dich wiedergutmachen werde."

„Droh mir ruhig weiter, Schuppenjunge, aber pass auf, dass du nicht auf der Spitze meines Schwertes landest. Ich habe andere Probleme, als deinen doppelgestaltigen Hintern zu versohlen. Ich darf nicht zulassen, dass du noch mehr Halbwesen in die Welt setzt. Mama würde es merken, und dann habe ich echte Probleme."

„Halbwesen?" Corun lockerte seine Haltung, als er die Bedeutung dieses Wortes zu erfassen versuchte. „Halb was?"

„Halb Mensch, halb Drache natürlich, du Schwachkopf."

Als Corun weiterhin entgeistert dreinschaute, seufzte Morrigan resigniert. „Vor ein paar Jahrhunderten entkam eine Opfergabe dem Drachen eines anderen Clans und machte sich auf den Weg zurück durch den Schleier. Sie war schwanger und brachte Junge zur Welt. Sie starb, aber die Halbwesen wuchsen heran. Die beiden Männer lebten jedoch nicht lange. Es ist zu viel Feuer im Blut eines Drachens. Die Menschen nennen es Helium."

„Bei mir wurde diagnostiziert, dass ich zu viel Helium im Blut habe“, sagte Chryssie.

Morrigan murmelte wieder *Schwachköpfe*. „Wie ich schon sagte, Feuer im Blut. Diese beiden männlichen Halbwesen lebten lange genug, um ihren Samen zu verteilen. Chryssie ist eine ihrer Nachkommen. Und Cardi auch.“

„Willst du damit sagen, dass Chryssie teilweise ein Drache ist?“ Corun sah seine Gefährtin verblüfft an.

„Ist die Luft hier wirklich so dünn für dich?“ Morrigan schlug leicht gegen seine Schläfe. „Das habe ich doch gerade gesagt.“

„Aber Drachen zeugen nur männliche Nachkommen“, fuhr Corun fort.

„Das weiß ich nicht, ich verstehe nichts von Genetik. Ich habe meine Mutter nicht danach gefragt, da sie es nie für nötig hielt, Drachenmädchen zu machen. Aber jetzt gibt es welche in der Menschenwelt. Die meisten schaffen es nicht bis zu ihrem 20. Geburtstag, weil sie hier aufgrund ihrer Symptome nicht überleben können. Aber ein paar doch. Cardi und Chryssie zu finden, war echt ein Zufall. Ich dachte, es sei besser, sie durch den Schleier zu euch zu bringen, anstatt sie sich in der Menschenwelt weiter vermehren zu lassen.“

„Warte mal …“ Chryssie stellte sich vor Corun. „Heißt das, ich kann Drachenbabys austragen, ohne zu sterben?“

„Solange du dich auf der anderen Seite des Schleiers befindest. Aber da du jetzt auf dieser Seite bist, werden alle deine alten Symptome zurückkehren, und du wirst es nur ein paar Wochen aushalten.“

Corun konnte nicht glauben, was er da hörte. Er konnte sie behalten. Und er würde Kinder haben können.

Er drehte sich zu Chryssie um. Die gleiche Freude in seinem Herzen spiegelte sich in ihren Augen wider. Er neigte den Kopf für einen weiteren Kuss, aber Morrigan räusperte sich erneut.

„Wie wäre es, wenn ihr euch ein Zimmer auf der anderen Seite des Schleiers nehmt? Wir müssen uns beeilen, bevor meine Schwestern merken, dass ihr die Regeln gebrochen habt.“

„Zu spät“, rief eine Stimme aus der Ferne.

Sie kam nicht aus der Höhle, sondern von der anderen Seite des Schleiers. Corun erkannte sie, ohne die Person sehen zu müssen. Als er durch den Schleier trat, wusste er genau, wer auf der anderen Seite auf sie warten würde.

KAPITEL ZWEIUNDZWANZIG

Ihr ganzes Leben lang hatte Chryssie davon geträumt, dass jemand sie holen kommen würde. Es war noch nie passiert. Bis jetzt.

Corun war gekommen, um sie zu holen. Kaum eine Sekunde, nachdem er sie verlassen hatte, war er zu ihr zurückgekehrt, hatte sie in seine Arme geschlossen, sie um Vergebung gebeten und sie so leidenschaftlich geküsst, dass es ihr den Atem geraubt hatte – keine Kunst auf dieser Seite des Schleiers.

Ihre Übelkeit war schlagartig zurückgekehrt. Ihre Lunge hatte sich angefühlt, als hätte sie ihr ganzes Leben lang geraucht. Ihre Knochendichte hatte sich auf der Skala in Richtung Osteoporose genähert. Und eine allgemeine Müdigkeit hatte sich über sie gelegt.

Sie hatte das alles ignoriert und sich der Umarmung ihres Drachen hingegeben. Obwohl Coruns Atem schleppend gegangen war, waren seine Arme stark gewesen, als er sie festgehalten hatte. Kalter Schweiß hatte sich auf seiner Brust gebildet, aber seine Lippen hatten noch etwas Wärme gehabt, wie die vergehende Glut eines Feuers.

Nun traten sie durch den Schleier zurück und trafen auf zwei Frauen, von denen Chryssie annahm, dass sie ebenfalls Walküren waren. Die Goldhaarige lächelte und winkte, obwohl sie ein Schwert bereithielt. Die Dunkelhaarige runzelte missbilligend und angewidert die Stirn. Sie hatte jeweils ein Schwert in jeder Hand.

Hinter ihnen stand Chryssies Familie. Die Jungs sahen aus, als würden sie ihre Drachen nur mühsam im Zaum halten können. Aber es waren zwei gegen fünf. Das waren doch gute Aussichten. Oder?

Es sah nicht danach aus. Nicht angesichts des blanken Horrors auf Coruns Gesicht. Wieder stellte er seinen Körper vor den ihren.

Morrigan trat vor die beiden. Sie hatte kein überhebliches Grinsen im Gesicht. Sie sah beunruhigt aus.

Das war es, was Chryssie am meisten erschreckte – zuerst Corun, den stärksten Mann, den sie kannte, und jetzt Morrigan, die stärkste Frau, die sie kannte, verängstigt zu sehen.

„Hey, Hilda. Hey, Siggy", rief Morrigan. „Macht ihr gerade euren Abendspaziergang?"

„Wir wurden informiert, dass es einen Regelbruch gab", antwortete Hilda. „Ein Drache hat den Schleier durchquert."

„Das war ein Missverständnis", erwiderte Morrigan. „Seine Gefährtin ist durch den Riss gefallen, und er hat nur nach ihr gegriffen. Er ist ein Männchen. Die machen doch ständig dummes Zeug, nicht wahr?"

Hilda verengte die Augen, als ob sie das ganz und gar nicht so sähe.

Siggy sah das auch nicht so. Sie sah eigentlich gar nichts. Sie starrte nur auf Coruns nackten Körper und sein entblößtes Gemächt.

„Wieso hat er eine Gefährtin?", fragte Hilda.

„Das war ich", sagte Morrigan. „Ich habe sie gefunden. Hatte ich das nicht erwähnt?"

„Du hast das Gesetz gebrochen?"

„Hilda, du hast gesagt, dass keine Männer menschliche Frauen mehr opfern dürfen. Ich bin kein Mann."

Hilda sah Morrigan mit hochgezogener Augenbraue an. Es war genau der gleiche Blick, den Mr. Belding Zack Morris jeden Samstag im Fernsehen zugeworfen hatte, wenn dieser bei seinem neuesten Streich erwischt worden war.

„Schau, sie hat Feuer im Blut, wie Cardi", fuhr Morrigan fort. „Ich hielt es für besser, sie hierher zu bringen, als sie auf der anderen Seite des Schleiers weitere Drachenbabys machen zu lassen. Das war doch eine gute Idee, oder etwa nicht?"

„Wenn die Halbwesen auf der anderen Seite bleiben, sterben sie", sagte Hilda. „Sie gehen uns nichts an. Aber da sie hier und ein Drachen-Halbwesen ist, muss sie auch die Konsequenzen tragen."

Die fünf Drachen um sie herum brüllten, aber keiner war lauter als Corun.

„Nimm mich", rief er. „Aber lass sie und meine Brüder leben!"

„Nein", protestierte Chryssie. „Haben wir nicht gerade übers Zusammenhalten schwadroniert? Wir leben zusammen, oder wir sterben zusammen."

„Wenn ich dich retten kann …"

„Ich will nicht ohne dich gerettet werden."

„Ahhh", machte Siggy. „Wie süß."

„Finde ich auch", sagte Morrigan grinsend.

Hilda warf den beiden einen finsteren Blick zu.

„Was denn?“, gab Siggy zurück. „Das ist wie ein Nicholas-Sparks-Film. Ich habe eine Schwäche für die.“

„So wie in *Wie ein einziger Tag*?“, fragte Morrigan.

„Ja“, stimmte Siggy zu. „Ich liebe diesen Film!“

„In dem Film sterben sie“, sagte Hilda.

„Oh.“ Siggy runzelte die Stirn. „Richtig.“

„Aber“, Morrigan hob einen Finger, „sie starben erst, nachdem sie ein langes Leben geführt und in ein Buch geschrieben hatten.“ Sie drehte sich zu Chryssie. „Hast du in ein Buch geschrieben, Süße? Wie nennt man das? Ein Tagebuch?“

„Ähm, nein“, erwiderte Chryssie.

Morrigan schürzte die Lippen. „Vielleicht sollten wir ihnen etwas Zeit geben, um etwas zu schreiben, damit es mehr dem Film entspricht. Was meint ihr dazu?“

Siggy begann, darüber zu sinnieren.

Bevor sie dem zustimmen konnte, wurde sie von Hilda unterbrochen.

„Das ist hier ist kein Liebesfilm“, bellte diese. „Es ist das wahre Leben. Sie haben die Regeln gebrochen. Wir setzen die Regeln durch. Wer wären wir, wenn wir die Regeln nicht durchsetzten?“

„Mama", sagte Morrigan.

„Papa", sagte Siggy.

„Onkel Luzifer", sagte Morrigan.

„Wir sind nicht wie sie", sagte Hilda. „Wir tun, was man uns sagt."

„Das müssen wir aber nicht", sagten sowohl Siggy als auch Morrigan.

„Einmal hatte Prima einen Kometen mit dem Lasso eingefangen, und er schlug dann in die Erde ein und tötete Mamas Riesenechsen", sagte Morrigan.

„Oder wisst ihr noch, wie Mist ein außerirdisches Raumschiff entführte und es in der Wüste auf der nordwestlichen Seite des Planeten abstürzen ließ?", fragte Siggy. „Wie nennen sie das Gebiet? Area 52?"

„Und dann ist da noch Regin, die mit einem Drachen durchgebrannt ist", sagte Morrigan. „Alles ganz böse Taten."

„Das reicht!" Hilda stieß einen frustrierten Seufzer aus. „Die Regeln sind klar, andernfalls wären wir lediglich Bestien wie sie. Der Preis ist der Kopf des Drachens." Sie drehte sich zu Corun. „Es ist nichts Persönliches. Du bist ganz gut geraten, für einen Mann. Aber ich stehe mehr auf die, die sich an die Regeln halten. Verstehst du?"

Corun fletschte die Zähne.

Hilda hob ihre Schwerter.

Siggy zuckte entschuldigend mit den Schultern und hob ihres ebenfalls.

Die Drachen fuhren ihre Krallen aus.

„Wartet!“, rief Chryssie. „Hört mich an! Ich habe mich mein gesamtes Leben lang an die Regeln gehalten, und der Tod hat mich die ganze Zeit über nicht aus den Augen gelassen. Ich habe keine Angst vor dem Tod, ich will nur eine Chance bekommen zu leben. Ich will eine Chance auf eine Liebesgeschichte.“

Wieder einmal stand Chryssie zu Beginn einer großen Schlacht im Rampenlicht. Wieder einmal zeigte ihr inbrünstig vorgetragener Monolog keine Wirkung. Aber sie hatte noch eine letzte Karte auszuspielen.

„Und ich könnte schwanger sein“, sagte sie.

„Nun, das ändert die Sache.“ Hilda schürzte die Lippen und senkte das auf Chryssie gerichtete Schwert. „Sie lebt.“ Sie richtete beide Schwerter auf Corun. „Aber er stirbt.“

„Komm schon, Hilda“, sagte Morrigan. „Gibt es nicht schon genug alleinerziehende Mütter auf der Welt? Sieh dir unsere Mutter an, wie sie alles am Laufen hält, während unser Vater durchs Universum schippert. Willst du wirklich noch eine Frau dazu verdammen, Missgeburten ohne Vater groß-zuziehen?“

„Japp.“ Hilda hob ihr Schwert, und alles wurde verschwommen.

KAPITEL DREIUNDZWANZIG

Corun schlang die Arme um seine Gefährtin und erhob sich auf seinen Flügeln in die Luft. Er wusste, dass er nicht weit kommen würde. Er musste sie nur aus dem Getümmel heraushalten. Überall um sie herum waren Kampfgeräusche zu hören. Das einzige Wesen, das eine ordentliche Schlacht mehr zu schätzen wusste als ein Drache, war die Walküre. Die hohen Kampfschreie der Kriegerinnen vermischten sich mit dem Gebrüll der Drachen.

Auf dem Boden herrschte Chaos. Das Drachengebirge lag in der Ferne. Lediglich die Bäume boten Schutz.

Corun flog Chryssie auf einen hohen Sitzplatz.

Er setzte sie auf einem stabilen Ast ab, mit genügend Laub, das als Kissen dienen konnte.

„Kannst du bitte meinen Schatz bewachen?“, fragte er die Laube.

Die Blätter raschelten daraufhin.

„Hast du gerade mit dem Baum gesprochen?“, fragte Chryssie.

„Er wird dich beschützen, bis ich zurückkomme.“

Sie griff nach ihm, ihre Nägel gruben sich in seine Haut. „Wage es ja nicht, mich zu verlassen.“

„Ich komme zu dir zurück, ich verspreche es.“ Er sah ihr in die Augen, bis er wusste, dass sie die Wahrheit in seiner Aussage erkannt hatte.

Chryssie lockerte ihre Finger und drückte ihm einen Kuss auf die Lippen. Corun wandte sich von seiner Geliebten ab und wieder dem Getümmel auf dem Boden zu. Er schwebte über der Schlacht, die unter ihm tobte.

Seine vier Brüder standen zwei der Walküren gegenüber. Sechs verschiedene Seiten, die sich ohne jegliches Muster drehten und wendeten. Drei weitere, wenn er sich selbst, Chryssie und Morrigan dazuzählte.

Neun Seiten. Millionen von Möglichkeiten. Er befand sich inmitten seines eigenen Zauberwürfels. Aber bei diesem Rätsel ging es um Leben und Tod für diejenigen, die er liebte und um die er sich sorgte. In Gedanken ging er alle Züge durch, die er ausführen könnte, um das gewünschte Ergebnis zu erzielen. Das Problem war nur, dass es über eine Million Möglichkeiten gab, wie das Ganze enden konnte. Die meisten davon waren zu ihren Ungunsten.

Am Rande des Kampfplatzes stand Morrigan, fletschte die Zähne und ballte die Fäuste. Sie tänzelte auf ihren Zehenspitzen. Corun konnte nicht erkennen, ob sie sich in den Kampf stürzen oder ihn beenden wollte.

Er schaute wieder hinauf zu Chryssie. Das Aufblitzen der Rubine auf ihrer Brust verschaffte ihm einen Geistesblitz. Er blinzelte, und plötzlich war alles ganz klar.

Die Lösung lag direkt vor ihm. Er musste aufhören, Ordnung schaffen zu wollen, und sich dem Chaos stellen. Eine Seite der Schlacht verlieren, um den Krieg zu gewinnen.

Rasch flog er zurück zum Schloss. Er stürzte in die Minen. Immer noch halb Mensch, halb Drache, belud er seine Arme mit Edelsteinen. Als er wieder draußen war, machte er sich nicht die Mühe, seine Stimme zu verwenden, denn er wusste, dass ihn niemand hören würde. Die Gier nach Blut lag in der

Luft, als Drachenklauen auf Walkürenschwerter trafen. Seine Brüder hielten sich wacker, aber diesen Kampf würden sie nicht gewinnen, nicht gegen die mächtigen Töchter ihrer Schöpferin.

Ein paar der roten Juwelen fielen wie Regentropfen auf die Kämpfenden. Siggy war die Erste, die ihr Schwert senkte, als sie das Glitzern der Rubine blendete. Morrigan war die Erste, die herbeistürmte und sich einen Edelstein schnappte. Hilda bewegte sich langsamer, die Schwerter immer noch in den Händen, während sie auf die Rubine zuging. Seine Brüder sahen entsetzt zu, wie die gierigen Frauen die Juwelen an sich rissen.

Ein weiterer roter Edelstein plumpste auf Siggys goldhaarigen Schädel. Sie drehte sich nach links und griff danach. Corun ließ einen weiteren Edelstein fallen. Dieser landete neben Hilda. Die Walküre drehte sich von Rhoyl weg, um nach dem Rubin zu greifen, stieß jedoch mit der purpurhaarigen Morrigan zusammen.

Corun breitete die Arme aus. Die Edelsteine warfen die Kämpfenden zu Boden. Beryl, Ilia und Elek hielten mitten im Schlagen und Treten inne, als der kostbare Schatz ihres Bruders vom Himmel fiel. Rhoyl stieg in die Luft und starrte auf die glitzernden Juwelen, die aus Coruns Händen fielen.

Sehr gut, jetzt hatte er die Aufmerksamkeit aller.

„Ihr könnt ihn haben", rief Corun. „Ihr könnt meinen gesamten Schatz haben, wenn ihr mich und meine Gefährtin in Ruhe lasst."

„Alles?", fragte Siggy und stopfte ein paar Edelsteine in ihren Brustpanzer.

„Jeden einzelnen Edelstein", erwiderte Corun. „Ihr könnt reingehen und euch nehmen, was ihr tragen könnt. Wenn das nicht reicht, liefere ich mehr."

„Das ist genug, Bruder", sagte Beryl, als er wieder seine menschliche Gestalt angenommen hatte.

„Meine Gefährtin ist es wert", entgegnete Corun. „Sie ist das und noch viel mehr wert."

Er sah hinauf zu Chryssie, die auf ihrem Ast saß. Tränen liefen ihr über die Wangen.

„All das für ein menschliches Halbblut?", fragte Hilda. Sie schaufelte sich die Juwelen auf ihre blutigen Arme. „Abgemacht."

Siggy und Morrigan jauchzten und kreischten, als sie ihre Taschen füllten. Aber es waren keine Kampfschreie. Es klang eher nach *ka-ching*.

Ihr Gekreische hätte beinahe Coruns Trommelfell zum Platzen gebracht, aber er nahm es in Kauf, um seine Gefährtin zurückzubekommen. Seinen Schatz aufzugeben, war ein geringes Opfer gewesen, wenn er dafür Chryssie haben konnte. Dennoch zuckte er zusammen, als die Walküren davonstürmten und sich in seine Höhle begaben, sein privates Heiligtum. An einen Ort, an den er nur Chryssie mitgenommen hatte. Aber jetzt würde er sie auf immer und ewig dorthin mitnehmen können.

KAPITEL VIERUNDZWANZIG

Chryssie umklammerte die Edelsteine an ihrem Hals, während sie beobachtete, wie die Walküren nach den Rubinen grapschten, die überall auf dem Boden lagen. Die Blätter des Baumes raschelten in dem windstillen Morgen. Sie holte einen tiefen Atemzug.

Ihre Lunge füllte sich mit der süßen Luft der Freiheit. Ihre Brust erwärmte sich in dem Wissen, dass sie zu Hause war. Als sie die Augen öffnete, sah sie den Mann, der um sie gekämpft hatte, vor sich schweben.

„Du hast alles für mich aufgegeben?“, fragte sie.

„*Du* bist alles für mich.“ Corun öffnete die Arme.

Chryssie verließ den Schutz der Äste und begab sich in die Umarmung ihres Gefährten. Corun hüllte sie in seine starken Arme ein und drückte ihren Kopf zwischen sein Kinn und sein Herz. Sie spürte dessen kräftiges Schlagen. Sie hatte sich seinen Rhythmus bereits eingeprägt, um ihn nie wieder zu vergessen, doch jetzt würde sie Coruns Herz für den Rest ihres Lebens schlagen hören. Es würde ein langes Leben sein.

Das war nicht das einzige Schlagen, das sie hörte. Es war schwach, fast nicht wahrnehmbar, aber sie wusste, dass neues Leben in ihr pochte. Zwei neue Leben.

Zwar waren die Herzen ihrer Babys natürlich noch nicht ausgebildet, aber sie spürte bereits deren Energie. Sie wusste, dass sie dasselbe für die beiden kostbaren Jungen, die in ihr heranwuchsen, tun würde, was ihr Gefährte getan hatte – ihr Leben für sie geben.

„Ich bin schwanger", sagte sie zu Corun.

„Ich weiß." In seinem Blick lag Traurigkeit. Wahrscheinlich glaubte er immer noch, er könnte sie an die Jungen in ihrem Bauch verlieren.

„Sie sagten, ich sei teilweise ein Drache. Ich sollte das überleben."

„Nein", schüttelte er den Kopf. „Du *wirst* das überleben."

Chryssies Herz setzte einen Schlag aus. Überlegte er immer noch, wie er ihre Schwangerschaft abbrechen könnte? Sie liebte diesen Mann und den Drachen in ihm, aber sie würde nicht zögern, ihn zu verlassen, wenn er ihre Kinder bedrohte.

„Du bist stark", sagte Corun. „Stärker als jede Frau, der ich begegnet bin. Es ist nicht das Feuer in deinem Blut, das dir ermöglichen wird, unsere Söhne zur Welt zu bringen, es sind dein Überlebenswille, dein mutiges Herz und dein scharfer Verstand, die unsere Familie zusammenhalten werden."

Chryssie stieß den Atem aus, den sie angehalten hatte. Corun nutzte ihre geöffneten Lippen und schob seine Zunge hinein. Er saugte an ihrer und knabberte an ihren Lippen. Chryssie schwebte wie auf einer Wolke in den Armen ihres starken, liebevollen Gefährten. Als sie die Augen öffnete, stellte sie fest, dass sie vom Baum hinab schwebten.

Aber ihre Füße berührten nicht den Boden. Corun hielt sie fest in seinen Armen. Er ging am Kampfplatz vorbei, während eine der Walküren die letzten Edelsteine aufhob. Morrigan zwinkerte ihr zu und lief mit gefüllten Taschen davon. Chryssie winkte dem Todesengel, der ihr das Leben gerettet hatte, zum Abschied.

Beryl, Ilia und Elek gesellten sich zu ihnen und

flankierten Chryssie, als wären sie ihre Wächter. Rhoyl landete neben ihnen.

„Das war ein stolzer Preis", sagte Beryl. „Du bist jeden Edelstein wert, Chryssie, aber es waren ganz schön viele."

„Du wirst das Gleiche – sogar das Doppelte – zahlen, wenn Morrigan ein weiteres Halbwesen für dich gefunden hat."

Elek schüttelte den Magic 8-Ball und las dessen Antwort laut vor: *Genauso ist es.*

Beryl antwortete nicht. Er kaute auf seiner Unterlippe.

„Was ist hier los?"

Beim Klang der dröhnenden Stimme drehten sich alle um. Ein Mann kam auf sie zu, der ebenso groß und dunkel war wie Corun. Während dieser jedoch ein intelligentes, gebildetes Auftreten hatte, erinnerte der andere Mann Chryssie an einen Piraten. Seine Augen waren eiskalt, wie harte Diamanten, die in der Sonne glitzerten.

„Kimber, ich möchte dir meine Gefährtin vorstellen", sagte Corun.

Kimbers eisige Augen wurden weich und braun. Mit nur einem einzigen Wimpernschlag änderte sich sein gesamter Ausdruck. Statt wie ein tyrannischer Pirat sah er nun wie ein gebieterischer Schiffskapitän aus.

„Hallo“, sagte Chryssie und überlegte, ob sie salutieren sollte.

Bevor Kimber etwas erwidern konnte, zischte ein roter Tornado hinter ihm hervor. Chryssie wurde sofort klar, dass diese junge Frau der Grund für die altmodische Kleidung im Schloss war. Ihre roten Haare waren hochgesteckt wie bei einer texanischen Debütantin. Sie trug ein schwarzes Spitzenträgertop, das von einer Schulter herabhing und ihren BH-Träger freilegte. Ihre Beine waren in einen schwarzen Tüllrock und Leggings gekleidet, an ihren Füßen steckten weiße Pumps. Ein Schlüssel hing an ihrem Ohr. Armreifen klirrten an ihrem Handgelenk, das mit einem Spitzenschal umhüllt war. Ein Boy-Toy-Gürtel vervollständigte das Outfit, das direkt von der *Like a Virgin*-Tour zu stammen schien.

„Gefährtin?“, fragte die Möchtegern-Madonna. „Das ist ja total geil. Heeeyyy! Ich bin Cardi, Kimmys Gefährtin. Obwohl er mich noch nicht für sich beansprucht hat, weil er mega altmodisch ist und denkt, dass ich immer noch keinen BH brauche. Was natürlich nicht stimmt.“ Sie zupfte an ihrem freigelegten BH-Träger.

„Cardi!“

Kimbers tiefe Stimme ließ Chryssie zusammenzucken. Sie hatte jedoch keinerlei Wirkung auf Cardi, die sich bei Chryssie unterhakte und sie zum Schloss zog.

„Ich bin so froh, dass sie endlich eine andere Frau gebracht haben. Wir werden beste Freundinnen sein. Warte mal – welchen Corey magst du am liebsten?“

Corey? Chryssie blickte zu Corun. Er sah sie voller Liebe und Bewunderung an. „Den da drüben.“

Cardi warf einen Blick über ihre Schulter und runzelte die Stirn. „Nicht Corun. Feldman oder Haim? Für mich ist Feldman der Beste. Er hat ein bisschen was von einem Bad Boy, nicht wahr?“

Chryssie antwortete nicht. Sie ließ sich von ihrer neuen besten Freundin führen, während der Mann, der ihren Körper, ihren Geist und ihre Seele erobert hatte, ihnen zurück in ihr endgültiges Zuhause folgte. Sie hatte nicht nur einen liebenden Partner und ein neues Zuhause in ihrem Leben, sondern auch eine Familie. Eine echte, gesunde, etwas neurotische Familie, die mit den hiesigen Gesetzeshütern darum gekämpft hatte, dass sie hierbleiben durfte.

Das war nun endlich das pralle Leben, wie es im Buche stand.

EPILOG

Beryl rannte zurück, um die Walküren einzuholen. Die Kriegerinnen waren so sehr damit beschäftigt, die Edelsteine in ihren Armen zu bewundern, dass sie nicht hörten, wie er auf sie zulief. Er hatte immer gewusst, dass den Töchtern der Göttin alles, was glitzerte, gefiel – wie den meisten Frauen jeder Spezies. Aber das war das erste Mal, dass ihm klar wurde, was ihm seine Edelsteine bescheren könnten.

„Ich werd's tun", rief Beryl ihnen zu.

Er hielt Abstand. So dumm war er nicht, ihnen noch einmal zu nahe zu kommen. Er hatte immer noch Wunden an seinem Oberkörper und an den Schienbeinen, die ihre Schwerter ihm zugefügt hatten.

„Du wirst tun, was wir dir sagen“, erwiderte Hilda, ohne sich umzudrehen. Sie hielt einen großen Rubin gegen das Licht und bewunderte dessen Glanz.

„Ich zahle dein Gewicht in Smaragden für eine Gefährtin“, sagte Beryl.

Beryl hatte sich nie träumen lassen, dass er eine Gefährtin haben würde. Er hatte vor langer Zeit beschlossen, dass sein Leben darin bestehen würde, andere Gestaltwandler zu bekämpfen und mit Feen zu vögeln. Aber in dem Augenblick, als der Magic 8-Ball etwas anderes angedeutet hatte, hatte sich etwas in ihm verändert.

Er wollte selbst eine Chryssie haben. Nicht genau sie, aber jemanden wie sie. Jemanden, für den er sein Leben geben würde. Kinder hatten ihn nie besonders interessiert. Er wollte nur eine Frau, die er beschützen und für die er sorgen konnte.

Von dem Augenblick an, als er geboren worden war, hatte man ihn als Rohling bezeichnet. Er hatte sich aus dem Leib seiner Mutter gekämpft und sie dabei entzwei gerissen. Er beherrschte seine Brüder, ließ Ilia dessen Rolle als Schwächling ständig spüren und Rhoyl lieber ein Drache sein, anstatt auf seinen menschlichen Beinen neben ihm zu stehen.

Aber eine Gefährtin würde all das ändern.

„Ich werde sehen, was ich tun kann", sagte Morrigan.

Sie zwinkerte ihm zu, bevor sie sich auf den Rücken ihres Drachens schwang. Dieses Zwinkern weckte Hoffnung in ihm. Hoffnung war eine gefährliche Regentin. Aber an diesem Tag ergab er sich ihr.

Beryl kehrte zurück zu seiner Familie. Cardi und Chryssie liefen Arm in Arm zum Schloss. Er eilte zu den Frauen, um sie zu flankieren. Er hatte immer noch die Verantwortung, seine weiblichen Familienmitglieder zu schützen.

Normalerweise stürzte er sich bei jeder Gelegenheit in einen Kampf. Die Bestie in ihm lechzte nach Blut. Mit den Fäusten oder Knien gegen den Körper eines anderen Gestaltwandlers zu schlagen, gab ihm ein Gefühl von Sinnhaftigkeit. Aber eine Frau, eine Frau würde all das ändern.

Die Nähe zu den Frauen war das Einzige, was seine Bestie im Zaum hielt. Bald würde er eine eigene haben. Er hoffte nur, dass die Walküre ihm eine bringen würde. Bald …

Beryl wird seine eigene Gefährtin finden

… und zwar bald.

Zu seinem Pech hat sie als Kind Gewalt erfahren müssen.
Das bedeutet, dass sich dieser Drache, der sich so gerne Kämpfen hingibt,
sehr anstrengen muss, um ihr Vertrauen zu gewinnen und schließlich ihr Herz zu erobern.

Holen Sie sich noch heute Ihr ganz persönliches Exemplar von
Des Drachens ambivalente Opfergabe
und lesen Sie den zweiten Band der Serie Die letzten Drachen!
Wenn Sie in Ines' Lesergruppe aufgenommen werden möchten,
melden Sie sich bitte an unter
https://ineswrites.com/DeutscheLeser

www.ingramcontent.com/pod-product-compliance
Ingram Content Group UK Ltd.
Pitfield, Milton Keynes, MK11 3LW, UK
UKHW021650190726
13853UKWH00001B/166

9 798201 952303